拝み屋備忘録

怪談首なし御殿

郷内心瞳

竹書房文庫

誰が「終わり」と言いました？

そういえば小学生の頃、自分の部屋で突然、人の声が聞こえてきたことがあるんです。

そういえば何年か前、実家の廊下で白いもやもやしたものを見たことがありました。

そういえばこの間、寝ていて金縛りに遭っちゃったんですよ。

まあ、ただそれだけの話なんですけど――。

怪異な体験をしたという方々、それもごくごく小さな怪異を体験した方々の一定数が、常套句のごとく最後につけ加えるひと言である。

続いて、別の声を挙げ連ねてみよう。

昔、肝試しで友人たちと心霊スポットに行ったことがあるんです。

昔、放課後の教室で同級生たちとこっくりさんをやったことがあります。

昔、暇つぶしも兼ねて、ひとりかくれんぼを試したことがあるんですよ。

まあ、特に何も起こることはなかったんですけどね――。

こちらは、自らの意志で怪異に触れようと試みた方々の多くが述べる感想である。

それは彼らが語るように、本当に「ただそれだけのこと」だったのかもしれない。

それは彼らが語るように、本当に「何も起こらなかった」のかもしれない。

けれども彼らはどうやって、そうした結論を下したのだろうと思う時がある。

こうした告白をされる方々の大半は、「自分には霊感なんて全然ないですから」とも語っているのだ。ならば彼らはどのような判断基準で「ただそれだけのこと」だったり、「何も起こらなかった」と結論づけることができたのだろう。

何しろ相手は、本来ならば目に視ることも、耳に聞くことすらもおぼつかないような、この世ならざる存在たちである。たまさか自身の五感にその存在の片鱗を認めただけで、全容をうかがい知ったわけでもなければ、その後の動向が分かるわけでもない。

それはたとえば、非常事態宣言やパンデミックのように、誰にでも分かるような形で終息宣言がされるようなものではないのだ。

だから私は、断言しなければならない。

あなたが以前体験した些細な怪異、あなたが好奇心でおこなった怪異とのコンタクト。それらが終息したという保証など、一切ありませんということ。

それらが未だに、あなたの気づかぬ形で進行している可能性があるということを。

宮城の田舎で拝み屋という奇矯《ききょう》な生業《なりわい》を始めて、二十年近い月日が経つ。書いて字のごとく、先祖供養や加持祈祷《かじきとう》といった業務を営んでいるが、業務内容には悪霊祓いや憑き物落としといった、不穏な響きを帯びたものも含まれる。

道理として、怪異にまつわる話を聞かされることも、また多い。

本書では先に触れた、体験者がとうに「終わったもの」と思っているにもかかわらず、実は水面下で密かに継続している怪異や、体験者が「過去のこと」と認識していたのに、忘れた頃に再び襲い来る怪異などを中心に、紹介していく。

中には私自身も体験も含まれている。たとえ本職とて、斯様《かよう》な闇討ちや奇襲のような災難を完全に回避することは不可能なのだ。

無論、今この本を読んでいるあなたとて、例外ではない。

思いだしていただきたい。過去に体験した些細な怪異や、興味本位で試してしまった降霊実験や心霊スポットへ出かけたことを。

それらはまだ継続中かもしれないし、まだ何も起こっていなくても、これから何かが起こるのかもしれない。だから努々、「終わった」などと思わないことである。

自身の不穏な過去を思いだしつつ、最後まで本書を愉しんでいただければ幸いである。

目次

誰が「終わり」と言いました？　2
ブレス　8
落書き　10
死してなお　15
旭　18
呼び声　20
温泉美人　22
にょんにょんにょん　28
ベビーカー　34
パンでよろしくて？　36
それが目的　41

普通に裏切ってくる 44
踊り猫 47
オンリーワン 52
無限リセット 59
二連チャン 64
堕天使の力 70
痙攣 74
暗い店員 78
常連 80
やるんやったら、朝やろね 84
波瀾万丈 90
すっからがんこ 105

診察　112
往診　116
再来　122
抜け首　130
忘れ去りたい　138
パジャマパーティー　146
悪夢　152
首なし御殿　壱　156
首なし御殿　弐　165
首なし御殿　参　172
首なし御殿　肆　188
首なし御殿　伍　214

※本書に登場する人物名は様々な事情を考慮して仮名にしてあります。

ブレス

十年ほど前のお盆、梶尾《かじお》さんが田舎にある親戚の墓参りへ出かけた時のこと。

同行した家族たちと一緒に墓前に手を合わせ、墓地の中の狭い道を引き返していると、ふいに耳の中へ「ふっ」と冷たい息を吹きつけられた。

びくりとなって振り向いてみたが、目の前には誰の姿もなかった。

家族は全員、梶尾さんの前を歩いていたので、彼らの誰かが吹きつけたわけでもない。釈然とせず、薄気味悪いとは感じたが、ただそれだけのことでもあったので、日にちが経つにしたがい忘れてしまった。

ところが、その翌年のお盆だった。

梶尾さんが深夜、自室でテレビを見ていると、ふいに耳の中へ「ふっ」と冷たい息を吹きつけられた。ぎょっとなって振り向いてみたが、やはり誰の姿もない。

一年前の墓地での件を久しぶりに思いだし、少し厭な気分になった。

さらにその翌年は昼間、ひとりで車を運転している時に突然、息を吹きつけられた。シートから尻が飛びあがるほど驚き、あわや事故を起こす寸前となる。

その後も今現在に至るまで、毎年お盆の時期になると、視えざる「何か」に耳の中へ冷たい息を吹きつけられている。

息の主が何者なのか不明のままだし、その原因すらも未だに不明のままである。

親類の墓参りの帰りに始まったことなので、過去にはこの墓地を所有する寺の住職に事情を話し、お祓いをしてもらったこともある。

だが、その翌年のお盆には、まるで何事もなかったかのように、視えざる「何か」は梶尾さんの耳の中へ息を吹きつけた。

数年前の夏場に私もお祓いを頼まれておこなったのだが、まもなく訪れたお盆の夜に、風呂へ入っているところへ「ふっ」とやられたそうである。

お盆の息は、今でも毎年続いているという。

落書き

夜中、佐古《さこ》さんがトイレに起きた時のこと。

用を足し終え、寝室へ戻るため、家の裏庭に面した廊下を歩いていると、カーテンで閉ざされた掃き出し窓の向こうから、妙な気配を感じた。

何かと思ってカーテンを捲《めく》り、闇の中に視線を凝らすと、ブロック塀の前に人がいた。俵《たわら》のようにでっぷりとした体格で、服は上下、スウェットらしきものを身に着けている。髪型や雰囲気から察して、どうやら女のようだった。

女はこちらに向かって背を向け、ブロック塀の前にしゃがみこんでいる。丸みを帯びて肥えた背中と一緒に、右腕がひっきりなしに動いている。

直感で、ブロック塀に落書きをしているのだと判じた。しかも人の家の敷地に無断で侵入したうえでの落書きである。警戒心よりも、怒りのほうが強く勝った。

「おいコラ、そこで何やってんだ！」

掃き出し窓を開け放ち、女の背中へ向かって怒鳴《どな》りつける。

女は動じる様子もなく、こちらへ向かって立ちあがりながら振り返った。

暗闇の中ではっきりとは見えなかったが、象のような顔をした、ひどく醜い女だった。

女はこちらに向かって歯を剥きだしにして笑うと、鈍重そうな体形に似つかわしくない俊敏な動作でブロック塀をよじ登り、そのまま塀の向こうへ飛び越えていった。

一瞬、あとを追いかけようと思ったが、女の頭がまともでないと判断して、自制した。代わりに家族を起こし、ただちに警察へ通報する。

電話で警察と話しながら裏庭に出て、先ほどまで女がしゃがみこんでいた塀の壁面を確認すると、白い塗料で六芒星《ろくぼうせい》のようなマークと、見たことのない文字が書かれていた。

六芒星を囲むようにして、得体の知れない文字が放射状に長々と描かれ、気味の悪い打ち上げ花火のような印象を醸《かも》している。

まもなく警官たちが到着し、簡単な事情聴取と現場検証がおこなわれた。

ブロック塀に落書きされたとのことで、一応、器物損壊罪に該当すると説明されたが、今後の対応は差し当たり、付近のパトロールぐらいしかできないだろうという。

また何かあったらいつでも通報してくださいと告げ、警官たちは去っていった。

ブロック塀に描かれた落書きは、手で擦ったぐらいでは掠《かす》れもしなかった。消すのは明日にしようと思い、悶々とした気持ちを抱えながらも床に戻った。

ところが翌朝目覚めると、全身がひどい悪寒に襲われ、まともに起きあがれない。同じ寝室で寝ている妻にも声をかけると、妻も同じだという。どうにか布団から這いだし、中学生と小学校高学年になる息子たちの部屋へ向かうと、息子たちも具合が悪くて布団から起きられないという。

すぐに救急車を呼び、家族全員で病院へ搬送された。

一家は揃って三十九度近くの高熱を発していたが、風邪などの諸症状は一切見られず、インフルエンザの結果も陰性、食中毒でもない。他にも様々な精密検査を受けたのだが、発熱の原因は何も分からなかった。

一家揃って入院して、四日目の昼。

午後から見舞いに来た勤め先の同僚と話をしているうち、半ば朦朧《もうろう》とした意識の中に、四日前の深夜、自宅の敷地に不審者が侵入したことをようやく思いだした。

続いてブロック塀に落書きされたことを思いだし、気味の悪い六芒星と呪文のような落書きだったことも思いだす。

どうして今まで思いださなかったのだろう？　事の次第を同僚に説明していくさなか、ふいに思考がはっきりとし始め、続いて頭の中でひとつの妙案が閃く。

同僚から怪訝に思われるのを覚悟で「落書きを消してきてほしい」と頼むと、同僚は予想に反して、快く承諾してくれた。さっそくこれから消しにいってくれるという。

同僚が病室を去って二時間近く経った頃から、少し体調がよくなったような気がした。看護師を呼んで熱を測ると、少しさがっていることが分かった。

妻と息子たちの容態も確認してみると、やはり少し熱がさがっているという。

それからさらに一時間ほどして、再び同僚が病室に戻ってきた。

頑固な塗料でかなり苦労させられたものの、どうにか綺麗に消すことができたという。

さらに数時間ほど経つと、気分はますますよくなって、熱もほとんど平熱近くにまで回復した。他の家族も同様だった。

その後も再び熱がぶり返すことはなく、数日で家族全員、無事退院することができた。

医師の診断結果は不明熱のままだったが、佐古さん自身はすでに原因を理解していた。

退院からまもなく、佐古さんは防犯カメラを数台購入すると、裏庭に面した庇《ひさし》を始め、自宅の各所にカメラを取りつけた。

幸いにも敷地内を監視するカメラの映像に、件の怪しい女の姿が映しだされることは今のところない。しかし、女の正体が何者であるのかも分からず、女のその後について、警察から連絡がくることもないため、未だに不安な気持ちは拭いきれないという。

あの女は一体何が目的で、自分たち一家をあんな目に遭わせたのか。

仮に大した理由もないのなら、これほど恐ろしいことはないと佐古さんは語っている。

死してなお

百恵《ももえ》さんが早朝、町内会の当番で近所のゴミ置き場に立った時のこと。

ゴミ置き場は、トタン製の外壁に金網製の引き戸がついた、簡素な造りの小屋である。

当番の者は、訪れた住人たちからゴミを受け取り、小屋の中へ並べていく。

ゴミ当番は通常、ふたり一組でおこなわれるのだが、この日はもうひとりの係の者が急病で出てこられず、百恵さんがひとりでおこなうことになってしまった。

乳白色の朝靄《あさもや》が辺りにうっすら立ちこめる、午前五時過ぎ。

児童公園のそばに立つゴミ置き場に到着した百恵さんは、持参した鍵で錠前を開けて小屋の傍らに立ち、住民たちが訪れるのを待ち始めた。

今日は何分頃から人が来始めるのだろうと思いながら、目の前を横切る細い田舎道の向こうにぼんやり視線を向けていた時だった。

朝靄で薄白く霞む田舎道のはるか向こうに人影がひとつ、ぼんやり浮かんで現れた。

誰だろうと思って視線を凝らしてみるが、人影は百恵さんの見知った近隣住民たちの誰とも印象が一致しない。

細身で背の高い人影は、奇妙な動きをしながらこちらへ向かって走ってくる。

左右に向かって水平気味に伸ばした両腕は、まるで骨を抜かれてしまったかのようにぐにゃぐにゃと円を描くようにうねり、首は前後左右にがくがくと振り乱れていた。

脚の動きもぎこちなく、内股にした両脚を上下に激しくがたつかせながら、小刻みに跳ねるような動作を繰り返している。

しかし、そんなおかしな姿勢で走っているにもかかわらず、細い人影は異様な速さでぐんぐんこちらへ迫ってくる。

やがて朝靄の中から人影が抜けだし、仔細がはっきり見えてきた。

とたんに百恵さんは、ぎょっとなって固まってしまった。

こちらへ向かって走ってくるのは、全身血まみれの中年男だった。

男は細身の身体から伸びる四肢《しし》を蛸《たこ》のようにぐにゃつかせ、鮮血で真っ赤に染まった顔面に溌剌《はつらつ》とした笑みを浮かべながら一直線に迫ってくる。

よく見ると男は、三村《みむら》さんという、百恵さんの近所にかつて暮らしていた男性だった。

もう何年も前、朝のジョギングの最中、車に撥ねられて亡くなっている男性である。

百恵さんが竦《すく》みあがってその場に硬直し続けるさなか、やがて血まみれの三村さんは、笑顔でこちらを一瞥し、ゴミ置き場の前をぐにゃぐにゃしながら走り去っていた。

死んでもああやって、走り続けているのだろうか……。

ゴミ置き場の前にへたりこみながら、百恵さんは思い惑ったそうである。

旭

学習塾の講師をしている伊志嶺《いしみね》さんから、こんな話を聞いた。

ある時、伊志嶺さんは不要になった書籍を五冊ほど、ネットオークションに出品した。

いずれもすでに絶版のうえ、元々高額な本だったこともあり、落札価格は伊志嶺さんが想定していたよりもはるかに高いものになった。

オークションが終わると、送付先などを知らせる落札者たちからの連絡が次々と入る。

彼らからの入金を確認したのち書籍を梱包し、宛名書きをしていた時のことだった。

伊志嶺さんは落札者たちの送付先に、奇妙な偶然があることに気がつく。

北海道旭川市、神奈川県横浜市旭区、長野県長野市旭町、広島県福山市旭町……。

いずれの送付先にも「旭」という字がかならず入っていた。

珍しい偶然もあるものだと思う半面、何かの報せ——それもいい報せかなとも感じた。

旭とはすなわち、朝日を意味する言葉である。

これは近々、自分の身に思わぬ吉報が訪れるのではないかと、伊志嶺さんは思った。


それから数日後の深夜、伊志嶺さんがコンビニへ出かけた時のこと。

買い物を済ませて店を出ると、軒先に設置されている灰皿の前に男が立って、煙草を吸っていた。四十代ぐらいで、いかにも柄の悪そうな雰囲気の男だった。

男は「ふうー」と音をたてながら、長々と尾を引く紫煙を闇夜に向かって吐きだした。続いて軽く咳きこみ、それから路面にかっと淡を吐きだした。

思わず顔をしかめたとたん、ふいに男がこちらを振り向き、目が合ってしまう。

「お前、なんか文句あんのか？」

ずかずかと歩み寄ってきた男に、「いいえ」と答えたが、男は聞く耳を持たなかった。

次の瞬間、鼻面《はなづら》に思いっきり拳《こぶし》を浴びせられ、その場にどっと倒れこんでしまう。

倒れた伊志嶺さんに男は殴る蹴るの暴行を執拗に加え、全治一ヶ月の大怪我を負った。

男がこの時着ていたのは、旭日旗がプリントされた派手なTシャツだったそうである。

呼び声

日曜の昼下がり、恵美《めぐみ》さんが自室でテレビを視ていた時のこと。

「おい、メグ！　ちょっと来い！」

ふいにドアの向こうから、姉が大声で呼ぶ声が聞こえていた。

ふたつ年上の姉がこうして呼びつけてくる時は、大抵パシリに使おうとしている時か、つまらないことに腹を立て、絡んでこようとしている時だった。

昔から、仲のよい姉妹ではなかった。姉は気が強いうえに我がままで、折に触れては恵美さんにひどいことばかりをしてきた。

姉と比べて気が小さく、内気な性分の恵美さんは、そんな姉の傍若無人な振る舞いに常々辟易《へきえき》させられていた。

たちまち気分が重たくなり、思わず苦いため息が漏れる。

相手にしたくなどないのだけれど、無視を決めこんだところで、姉はドアの前にいる。
通用するはずもなく、仕方なく「はあい……」と暗い声音で返事をする。
そこでようやくはっと気がつき、今度は「へっ？」と声があがった。
姉はふた月前に交通事故で亡くなっていた。
自宅の奥座敷には、まだ祭壇も組まれたままになっている。
（あれ？　今のなんだったんだろう？　夢？　いや、多分空耳だよね……）
やれやれと思い直し、笑いながらかぶりを振ろうとしたところへ。
「おい、メグ！　何やってんだよ、早く来い！」
まるでドアの向こうにぴたりと貼りつくような距離から、姉の怒声が轟《とどろ》いた。
両親は朝から出かけて留守にしており、家には他に誰もいない。
「おい、メグ！　さっさと開けろよ、バカ野郎！」
開けたら一体、何をされてしまうのだろう。
びりびりと鼓膜を震わす怒声に身を竦ませながら、恵美さんはその場に硬直し続けた。

温泉美人

比毛《ひもう》さんの暮らす地元には、館内にレストランなどを常設した、複合温泉施設がある。地元住民を始め、外部からの利用客も多い人気スポットなのだという。

ただその割に比毛さん自身は、一度も利用したことがなかった。

周囲から聞こえてくる評判を聞くたび、「行ってみようか」と思いはしていたのだが、漫然と思っているうちに、気づけば施設がオープンしてから十年近くが過ぎていた。


ある年の冬場、比毛家の風呂釜が寿命でとうとう壊れてしまった。

業者が交換に来るのは翌日とのことで、この日は自宅の風呂に入ることができない。

まいったなと思いはしたものの、せっかくのいい機会でもあった。夕飯を済ませると比毛さんは、妻と高校生の娘ふたりを引き連れ、件の温泉施設に出かけた。

さっそく受付で代金を支払い、妻たちと別れて男湯の暖簾をくぐる。

平日の夜だというにもかかわらず、脱衣所には大勢の男たちが先客としてごった返し、ロッカーの前で服を脱いだり着たりをおこなっている。

空いているロッカーを探すため、周囲に視線を巡らせている時だった。

比毛さんの目がぎょっと大きく見開かれ、次いで視線が〝それ〟に釘づけとなる。

なんと脱衣所に、素っ裸の女がいた。

それもとびっきりスタイルのよい、目の覚めるような美人である。

比毛さんが唖然となってその場に棒立ちとなる傍ら、全裸の美女はタオルの一枚すら肌身に添えることなく、あられもない姿のまま浴場へと入っていく。

美女本人は涼しげな顔で脱衣所を颯爽《さっそう》と横切っていったし、周りの入浴客たちも別段、彼女に関心を抱く様子は見受けられなかった。

「まるでこれが当たり前」というような空気が、脱衣所内に流れていた。

ならばこれは、別に〝見てもいいもの〟なんだな。

くわしい事情は知らなかったが、〝地元で評判〟だというのも分かるような気がした。

そうなると、これはぜひとも目の保養に預からねば。

俄然スケベ心が湧きだしてくる。急いで衣服を脱ぐなり、浴室内へと突撃する。

湯煙でもうもうと煙る場内に視線を巡らせていくと、美女はすぐに見つかった。

浴場のいちばん奥にある岩風呂で、他の入浴客に交じって湯に浸かっている。

興奮と緊張に胸を高鳴らせつつ、比毛さんも岩風呂へ向かい、さりげない体を装って美女から少し離れた場所の湯に浸かる。

ほどよい距離から改めてまじまじ眺めてみると、美女はやはり、掛け値なしに麗しい面差しをした、大層魅力的な女性だった。

黒い髪の毛は後頭部にまとめて結わえられているため、あらわになったうなじの線がはっきりと目に見える。雛罌粟《ひなげし》の茎《くき》のように華奢な細みを帯びた、繊細なうなじである。熱い湯の上に浮いたうなじはほんのりと桜色に染まり、なおかつ湯煙でしっとりと濡れ、艶めかしい質感を湛えている。

極楽気分で鼻の下を伸ばしつつ、しばらく美女のうなじや鎖骨などを堪能していると、そのうち暑くなってきたのだろう、やおら美女が立ちあがり、岩風呂の縁へと腰かけた。当然、美女の〝女としての〟部分がひとつ残らず丸見えとなる。

思わず身を乗りだし、美女の身体の全てを余すところなく観賞し始めた。

大き過ぎも小さ過ぎもせず、ほどよいサイズの乳房は、張り自体もしっかりしていて揉みしだいたらそれこそ得も言われぬ心地だろうと、比毛さんは興奮する。

続いて視線を下へと落としていき、いちばん大事な部分に視線を向ける。

こちらもばっちりだった。淡い湯煙の中で、黒々と繁った美女の恥毛がよく見えた。

もう少し角度を変えれば、奥の院も拝めるのではないか。

すっかり出歯亀気分となって我を忘れ、首筋を縦横斜めに亀のごとく捻り始める。

そこへ、女性がふいにこちらを向いた。

諸に目が合ってしまい、はっとなって目を伏せる。

すると視線をおろした湯の中にも、女の顔があった。

女は湯の中から比毛さんをまっすぐ見あげ、たおやかな笑みを浮かべていた。

そのままざぶりと湯の中から飛びだしてくるなり、女は比毛さんの身体に両腕を回し、火照《ほて》った身体をぎゅっと絡みつかせた。

一瞬の出来事に何が起こっているのか、理解が追いつかなかったが、それでも胸板に吸いつくように密着している女の感触は、はっきり感じることができた。

どぎまぎしながら、女に何か声をかけようと口を開きかけた時だった。

女が唇を捲りあげて、にっと笑った。

捲りあげた唇からは、鉄漿《かね》を塗ったような真っ黒い歯が並んでいた。

そこで比毛さんの意識はふつりと途切れてしまう。


再び意識を取り戻すと、比毛さんは脱衣所の隅に並んでいるマッサージチェアの上に全裸の状態で座っていた。

何が起きたのか分からず、立ちあがろうとしかけた時に自分の身体の異変に気づいて、再びぎょっとなってしまう。

身体のあちこちが、楕円状の黒い染みで汚れていた。

染みの大きさは横幅五センチほど。大した大きさではないが、染みは胸板や腹の回り、両腕に太腿、さらには股間とその周囲に至るまで、十五個近くもできていた。

恐る恐る指で触ってみると、染みはどろりとした粘り気を帯びていて、触れた指先もどす黒く染まってしまった。

できれば考えたくなどなかったのに、先ほど意識を失う前に見た、あの女の黒い歯が勝手に脳裏に浮かんでしまい、たちまち全身に鳥肌が立ってくる。

真っ青になりながら浴場へと駆け戻り、必死になって染みを洗い落としにかかったが、染みはなかなか消えてくれず、大層難儀させられた。

洗い場の鏡に映った自分の姿を見れば、頬と首筋にも染みが数ヶ所あることが分かり、ますます背筋が寒くなっていった。

その後、一時間近くもかけ、やっとの思いで全ての染みを洗い落として浴場を出ると、とっくに風呂からあがって待っていた妻と娘たちから、呆れ顔で長湯を咎められた。

「今まで何をやってたの？」という妻の問いに答えることなど到底できず、適当に話を取り繕うと、バツの悪い思いを抱えながら家路に就いた。

以後、二度と温泉施設には行っていないそうである。

にょんにょんにょん

私が小学校二年生か、三年生ぐらいの冬場だったと思う。くわしい場所は忘れたが、家族旅行でどこかの温泉旅館へ泊まった。旅館の近くには大きな寺があって、境内は大勢の参拝客で賑わっていた。

日中、私は両親に連れられ、二歳年下の弟を含めた四人で、この寺の境内を散策した。記憶はとても朧《おぼろ》げなのだが、本堂の前に置かれた賽銭箱《さいせんばこ》に小銭を入れて手を合わせたり、寺の中を見物したり、一通りのことをしたのだと思う。

そんなさなか、境内の一角にずらりと立ち並ぶ土産《みやげ》物屋のひとつで、どういうわけかふたつ年下の幼い弟が、両親に御守りをねだって買ってもらった。

白い長方形の紙製で子供の手の中にも収まるほど、小さく簡素な造りの御守りである。私はまったく興味がないので買ってもらわなかったが、弟は大喜びではしゃいでいた。

それから旅館に戻り、弟とふたりで温泉に入った。

濃霧のような湯煙が濛々《もうもう》と立ちこめるなか、大きな湯船に浸かってくつろいでいると、ふいに弟が寄ってきて「ねえこれ見て！」と、私に開いた片手を差しだした。

紅葉《もみじ》のような小さな手の平の上に、何やら金色のぴかぴか光る物体が載っている。

視界が湯煙で霞むなか、目を凝らして見てみると、それは全長三センチにも満たない小さな金色の像だった。

頭には頭巾を被り、右手には小槌、左手には背中に担いだ大きな袋の先を握っている。

当時はよく分からなかったが、今思い返せばそれは、紛れもなく大黒さんの意匠である。

「どうした、それ？」と尋ねると、「御守りに入ってた！」と笑顔で弟が答えた。

店の軒先かどこかに、御守りの中身が見本として展示されていたのだろうか。

弟はこの大黒さんが欲しかったから、御守りをねだって買ってもらったのだろうか。

これも今になると、記憶が曖昧《あいまい》でよく思いだせない。

「にょんにょんにょん、泳ぐにょん！」

弾んだ声をあげながら弟が大黒さんを湯の中へ半分ほど沈め、ざぶざぶと前進させる。

大黒さんは弟の小さな指の間に挟まれながら、立ち泳ぎのような格好で湯の中を進んだ。

「にょんにょん、速いんだにょん！」

ざぶざぶと鋭い小波をたてながら、大黒さんが猛スピードで前進する。

「にょんにょん、すごいんだにょん！」

幼い弟は自分自身にしか分からないであろう独自の理由で、小さな大黒さんの彫像に「にょんにょんにょん」という素っ頓狂な鳴き声を与え、ひとり遊びを楽しんでいた。

大黒さんが仏さまだと知らない弟にとって「にょんにょん」は、金ぴかに輝く真新しい玩具でしかないのだろう。弟は夢中になって遊び続けた。

その様子があまりにも楽しそうだったので、初めのうちはまるで興味がなかった私も、そのうちだんだん、にょんにょんにょんを触ってみたくなってきた。

「ちょっと貸せよ」と言いながら、にょんにょんにょんに手を伸ばす。

ところが弟はさっと手を引っこめ、にょんにょんにょんを譲らない。

「遊びたいなら同じのを買ってもらえばいい」などと言って、口を尖らせる。

その態度にかちんときた私は、ついついムキになってしまい「いいから貸せよ！」と、にょんにょんを握っている弟の手を引っ掴んだ。当然、これに弟は強く抵抗する。

「ダメだ！」と叫びながら、私の手を必死になって振りほどこうとする。

そうして湯船の中で取っ組み合いを続けているうち、ふとした拍子に弟の手が開いて、にょんにょんにょんが湯の中に投げだされてしまった。

ふたりとも真っ青になってただちに湯船の底を探ってみたが、何しろ小さな像である。どれだけ探してもにょんにょんにょんが見つかることはなかった。

その後、泣きわめく弟を宥《なだ》めるのに大層難儀させられたが、ただこれだけの話である。遠い昔に旅先で起きた、幼い兄弟の他愛もない喧嘩話に過ぎないものだった。

それから二十年余りの月日が流れた、二〇〇九年の夏場。

仕事の出張相談で昼間、仙台市内へ出かけた。思っていた以上に時間がかかる内容で、終わったのは午後の六時過ぎ。空一面が橙色《だいだいいろ》に染まり始めた、黄昏時のことだった。

依頼主が住むマンションを出て、駅へと向かう歩道を歩いていると、ふいに前方からこちらへ向かって、猛然と走ってくる人影が見えた。

それは男で、道を行き交う人々の間を次々とすり抜け、じぐざぐな軌道を描きながら近づいてくる。男の顔には貼りついたような笑みが浮かび、大声でしきりに妙なことを口ずさんでいた。

よく見るとそれは、私の弟だった。

「にょんにょんにょん、走るにょん！　にょんにょんにょん、速いんだにょん！」

弟は黒い背広の礼服に身を包み、大昔、旅館の大浴場で口ずさんでいた、あの奇妙なフレーズを繰り返しながら、こちらへ向かって走ってくる。

「にょんにょんにょん、走るにょん！　にょんにょんにょん、速いんだにょん！」

数メートルほど前方まで接近してきたところで、弟の右手で何かきらりと光るものが、目に入った。嘘だろうと思いながら凝視したが、どうやら間違いなさそうだった。

それは小指の先ほどの大きさをした、金色に輝く大黒さんのように見えた。

「にょんにょんにょん、速いんだにょん！　にょんにょんにょん、速いんだにょん！」

一体、何が起こっているのか見当もつかず、その場に唖然となって突っ立っていると、満面に笑みを浮かべた弟は、「にょんにょんにょーん！」と叫びながら、私のすぐ脇を風のように走り抜けていった。

振り向くと弟は、黄昏に染まる雑踏に紛れて小さく消えていくところだった。

姿が消えてまもなく、蒼然となりながら弟の携帯電話をコールする。

弟はすぐに出たが、「まだ仕事が終わっていないので、あとから掛け直す」と言った。

「いや、すぐに済むからちょっと待て」と言い、今しがたこの目にしたものを弟に話す。私の話に弟は「はあ？」と訝《いぶか》しげな声をだし、「俺がそんなところにいるわけないだろ。大体今、仕事中だって言ったばかりじゃん」と答えた。

確かにそうだよな、と私も思う。

だがそうなると、私が今見たものはなんだったのか、ということにもなった。

弟と姿恰好が似ているだけなら、単なる他人の空似ということで片がつく。

だが厄介なのは、礼服姿の弟が口ずさんでいたフレーズと、右手の先に握られていた、金色の大黒さんらしきものである。

このふたつがあるために、他人の空似では絶対に片づけられなくなってしまった。

帰りの列車に揺られながら、あれこれやと納得できる理屈らしいことを考えてみたが、結局、道理のうえで腑に落ちる説明はひとつも思い浮かぶことはなかった。

あれからすでに十年ほど経つが、未だに何も分からないままである。

ベビーカー

室田《むろた》さんが友人たちと深夜、地元の廃病院へ肝試しに出かけた時のこと。

懐中電灯を携えながらぼろぼろに朽ち果てた院内をひとしきり歩き回り、それなりに怖い気分を味わうことはできたものの、特段、怪しいことが起こることはなかった。

「まあ、こんなもんかね」

「でも、何も起こんなくてよかったじゃん」

ようやく緊張から解放されて、笑みを浮かべながら玄関を出てまもなくだった。

背後でばーん！　と音がしたのでぎくりとなって振り向くと、観音開きの玄関ドアが全開になっていて、中から何かが飛びだしてくるところだった。

悲鳴をあげて跳ねあがるなり、それはがらがらと乾いた音を響かせながら、こちらへ向かって一直線に向かってきた。

見るとそれは、ベビーカーだった。

赤い日よけカバーのついた古びたベビーカーが、こちらへ向かって走ってくる。

ベビーカーは、室田さんたちの目の前を通り過ぎ、病院の玄関から十メートルほどの距離まで滑走したところで、まるでブレーキをかけたかのようにぴたりと止まった。

嘘だろうと思いながら近づいて調べてみたが、中はもぬけの殻。何かの仕掛けがしてあるわけでもなく、おまけにタイヤもパンクしていた。

「こんなベビーカー、中にあったっけ？」

みんなで確認し合うも、誰も病院の中でこんなベビーカーを見た覚えはなかった。

結局、道理も原因も何も分からぬまま、室田さんたちは震えながら逃げるようにして、廃病院をあとにした。

パンでよろしくて？

放課後、高校生の光喜《こうき》君と友人たちが、地元の空き家へ肝試しに出かけた時のこと。

木造平屋建てのごくありふれた造りで、外観に目立った傷みや汚れなども見られない。

外見から判断する限りでは、肝試しに入るような場所とは思えないものだった。

ただ、先輩たちから聞く話では、以前この家に住んでいた老姉妹が一酸化炭素中毒で亡くなっているらしく、幽霊が出るとのことだった。

家の正面からぐるりと裏手へ回り、勝手口のノブを回すとドアは簡単に開いた。

中は薄暗く、黴《かび》と埃《ほこり》の臭いが、ひんやりとした空気に乗ってうっすらと漂っている。

みんなで肩を寄せ合いながら廊下を渡り始めて、まもなくの頃だった。

「今日はパンでよろしくて？」

どこからかふと、人の声が小さくかすかに聞こえてきた。

「なあ、今の聞こえた？」

　空耳だと思いたくてみんなに尋ねてみたが、返ってきたのは望んでいた答えではなく、「うん、聞こえた……」という強張《こわば》った声だった。

「あら、メシじゃなくてパン？」

　そこへ再び声。どうやら廊下のいちばん奥に見える、襖《ふすま》の向こうから聞こえてくる。

「やばいよ。帰ろう。「なあ、帰ろうぜ？」

　友人のひとりが光喜君の腕をぎゅっと掴み、今にも泣きだしそうな声をあげる。

「パンでいいでしょう。あたしパンがいいなあ。パンにしましょうよ、パン」

「メシじゃなくて、パン？　メシのほうがよろしいのになあ。本当にパン？」

　声はどうやら女のもののようだったが、年代まではっきりしなかった。少し甲高《かんだか》く、張りのある声色なので、少なくとも年寄りのようではなさそうだったが、確信はない。

　初めは声に恐れ慄《おのの》いていたものの、しだいに耳が慣れてくると、恐ろしさよりむしろ、なぜこんな声が聞こえてくるのかということのほうに、疑問を感じ始めるようになった。

　いわゆる〝幽霊〟や〝お化け〟の類にしてははっきりと、それもしつこく聞こえてくる。なんだか妙な具合である。

「……あのさあ、もしかしたらここ、誰か引越してきたんじゃねえの？」

小声で話してみると、友人たちはたちまちはっとなって「ああ、確かにそうかも」と返してきた。

「だったらなおさらやばいって。見つかる前に逃げようぜ」

はらはらした顔で友人のひとりが訴える。

だが、光喜君のほうは逆に、この声の主たちに俄然《がぜん》興味が湧いてきた。

「パンにしましょうよ、パンよパン。パンがいちばんいいじゃなーい！」

「でもねー、あたしはメシのほうがよろしいと思うのよー」

会話を内容を聞いていると、どうやら食事をパンにするか、ご飯にするか話し合っているようなのだが、結論が出る気配は一向になく、廊下の奥の襖からは素っ頓狂な声が絶えることなく聞こえ続けている。

「なあ、ちょっとだけ覗いてみようぜ？　こんな変な話をしてんのがどういう奴なのか、俺、すっげえ気になるんだよ」

嫌がる友人たちに笑みを浮かべながらどうにか説き伏せ、抜き足差し足で廊下を進み、静かに音を立てずにゆっくりと、襖を細く開いて片目を寄せる。

部屋の中には、誰の姿も見えなかった。続いて声も、ふっと止む。

ぎょっとなって勢い任せに襖を開け放つと、そこには窓辺から射しこむ茜色の西日に染まった八畳敷きの薄暗い和室があるばかりで、声の主など影も形も見当たらなかった。

とたんに悲鳴があがり、つられた友人たちも背後で悲鳴をあげた。

一目散に家を飛びだし、勝手口に停めていた自転車に次々と飛び乗る。

真っ青になりながらペダルを漕ぎ、家の門口を抜けだしてまもなくの頃だった。

突然、足元でぱん！　ぱん！　ぱん！　と乾いた音が、立て続けに高らかとはじけた。

続いて光喜君たち全員の自転車が斜めにずるりと傾ぎ、危うく転倒しそうになる。

慌ててブレーキをかけ、何事が起きたのかを調べてみると、光喜君たちが乗っていた自転車の前輪と後輪が全てパンクして、ぺしゃんこになっていた。

狼狽しながら路面を見回してみたが、道の上にはパンクの原因になりそうなものなど、何ひとつ見当たらない。

そこへ先ほど聞いた、女たちの会話が脳裏へ蘇り、たちまちぞっと身が凍りつく。

――今日はパンでよろしくて？

――パンにしましょうよ、パンよパン。

「もしかしてさっきの『パン』って、このことだったんじゃね？」

光喜君がつぶやくと、誰もが「マジかよ」と漏らしたが、否定する者はいなかった。

「なあ……。てことはさ、これが『パン』じゃなくて『メシ』のほうだったら、俺たちどうなってたんだろう？」

友人のひとりが投げかけた疑問に、胃の腑がずんと重たくなる。

「パン」が、タイヤの破裂する擬態語だと解釈すれば、「メシ」のほうもやはり何かの擬態語だと解釈するのが自然に感じられた。

あえて口にはださなかったものの、まるで何かが潰れる音のようだと思った。

思い得るなり、再び顔からみるみる血の気が引き始める。

その後はほとんど無言のまま、光喜君と友人たちは、パンクした自転車を押しながら夕闇迫る田舎道を帰っていった。

廃屋の中で語り合っていた女たちの正体については、未だに分からないままだけれど、二度と行く気にはなれないと、光喜君は語っている。

それが目的

真夏の深夜、江崎《えざき》さんが街場の映画館へレイトショーを観にいった帰り道のこと。

周囲を田畑に囲まれた寂しい田舎道に車を走らせていると、前方の道端にジュースの自動販売機がずらりと並んで、煌々《こうこう》とした光を放っているのが見えた。

ちょうど喉が乾いてきていたところだったので車を停め、自販機の前に立つ。

硬貨を入れ、何を飲もうかと思案しながら、見本の缶を眺め始めてまもなくだった。

視界の端にふと妙な気配を感じて振り向くと、いちばん端に置かれた自販機の陰から、白い着物姿の女が半身を乗りだし、こちらをじっと覗きこんでいた。

女はどうやら額が割れているらしく、赤黒い流血が鼻の脇から唇の両端を伝い流れて、顔じゅうに三角形の太い線を作っていた。

女は陰気な視線を向けたまま、江崎さんのほうへじりじりとにじり寄ってくる。

「うわっ！」と叫んで逃げだそうとしたのだが、ショックで腰が抜けてしまったらしく、逃げるつもりがその場にどっと尻餅をついて、倒れこんでしまう。

どうにか必死で立ちあがろうとするものの、腰も足もまるで言うことを聞いてくれず、地面に敷かれた砂利を擦って散らかすばかりである。

そうこうしているさなかにも女は江崎さんへ向かって一歩、また一歩と近づいてくる。

もう駄目だ！

思いながら、再び悲鳴をあげた時だった。

女がふいに江崎さんの正面から踵を変えて、自販機のほうへ身体を向けた。

え？　と思いながら見ていると、女はつかのま自販機の前で固まったあと、それからおもむろにボタンを押した。闇夜に「がこん」と、ジュースが落ちる音が木霊する。

続いて女は屈みこんで取出口からジュースを取りだし、その場にまっすぐ突っ立ってごくごく喉を鳴らしながら、ジュースを飲み始めた。飲んでいるのはコーラである。

もしかしてこいつ、生身の人間？　そう思うなり、たちまち腹が立ってきた。

「あんた、なんのつもりなんだよ！」

立ちあがりながら女に向かって怒鳴りつけると、女が横目でちらりとこちらを見た。

そのままもうひと言、何か言ってやろうと思い、女に向かって身を乗りだす。

とたんに。

女は煙のように、その場でどろんと姿を消してしまった。

再び盛大な悲鳴があがり、凍りついたように立ち尽くす。

はっとなって我に返り、びくつきながらも女を探して自販機の裏側を覗き見た。

自販機の裏には古びた小さな墓地が、夏の月明かりに照らしだされていたそうである。

普通に裏切ってくる

休日の昼間。

高野《たかの》さんが車で、近所の雑貨店へ買い物に出掛けた時のこと。

顔馴染みの店主に清算してもらい、さあ帰ろうと店の入口へ向かった時、ふと傍らで「今日は右がいいよ。右、右！」と声がした。

振り向くとカウンターの端に置かれている大きな招き猫が、右手をくいくいと前後に振りながら、高野さんを黙って見つめている。

「こいつ、電動だったけ？」

招き猫を覗きこみながら店主に話を振ったが、店主はすでに店の奥側にある居間へと消えていくところだった。

不思議に思いつつも車をだすと、まもなく通い慣れた交差点に差し掛かった。

本来は交差点を左に曲がるのが自宅へ帰る正しい道順なのだが、この日はなんとなく無意識のうちにハンドルが右に向いてしまった。

高野さんがハンドルを右に切り、交差点を曲がり始めたのと同時に、交差点の左から小学生のグループが突然、飛びだしてきた。

車は子供たちと、あわや接触というところで交差点を無事に右へと曲がりきった。

左に曲がっていたら、絶対に轢いていた……。

心臓をばくばくと鳴らしながら、高野さんは蒼ざめた顔で放心した。


翌日、仕事帰りに店へと立ち寄り、招き猫を眺めてみると、やはりなんの変哲もないありふれた作りのもので、右手が動くような仕掛けも確認できなかった。

店主に昨日の話をしてみると、店主は事もなげに「たまにあるんだ、うちの猫!」と言い放ち、がははと笑った。

よく見ると、招き猫の足元には猫の缶詰やら、おやつのたぐいが供えられていた。

「ははあ」と思った高野さんも、商品棚から猫缶をひとつ持ってきて清算してもらうと招き猫の足元に供え、感謝の気持ちで手を合わせた。

それから二ヶ月ほど経った、休日の昼間。

高野さんが再び店を訪れ、買い物を済ませて店を出ようとした時だった。

「今日は右がいいよ、右、右！」

背後からふいに、二ヶ月前とまったく同じ声が聞こえてきた。

振り返ればやはりそこには招き猫が鎮座して、こちらを無言で見つめている。

「分かったよ。ありがとうな」

猫に礼を述べつつ店を出て、車を発進させる。

まもなく交差点に差し掛かると猫に言われたとおり、ハンドルを右にきった。

そこへ歩道からふいに若い女性が飛びだしてきて、車のバンパーを直撃した。

女性は勢いよく宙を舞い、鈍い音を響かせながら路上へ激しく打ちつけられた。

幸いにも命に別条こそなかったものの、女性は腰と右大腿骨を骨折する大怪我を負い、高野さんも免停処分となってしまった。

以来、二度と雑貨店には行かなくなってしまったそうである。

踊り猫

多紀《たき》さんの夫が、京都旅行のお土産に猫のぬいぐるみを買ってきた。

長靴を履いて直立した姿の太った三毛猫で、電池を入れると踊るのだという。

わざわざ京都まで行って、どうしてまたこんなものを……。

なんともピントのはずれたお土産に苦笑してしまったが、夫曰く、旅先の土産物屋で一目見るなりピンと来てしまい、買って帰らずにはいられなかったのだという。

猫は寝室の本棚の上に置くことになった。

ところがその夜から、多紀さんの身に異変が起きた。

床に入って眠っているとどこからともなく猫の声が聞こえ、うるさくて目が覚める。

あまりのうるささに堪え切れず、起きあがって辺りを見回してみるが、とたんに声は嘘のようにぴたりと止んでしまう。

仕方なく諦めて布団に入り直すと、今度は激しい金縛りに襲われる。

こんなことが二日連続で続いた。

状況から察すると、この怪異の正体と原因は、ひとつしか考えられなかった。

言わずもがな、夫の買ってきた猫のぬいぐるみである。

夫のほうは、同じ寝室に眠っていても、そうした怪異に見舞われていない。

加えて「一目見るなりピンと来た」などと語るくらいだから、ぬいぐるみの処分には相当ごねるだろうと腹を括っていた。

ところが夫は、特に機嫌を損ねることすらなく、ふたつ返事で処分を承諾してくれた。

なんとも拍子抜けな展開ではあったものの、ともかくそうと決まれば話は早かった。

さっそく本棚から猫のぬいぐるみを抱えあげると、自宅の勝手口に置かれたゴミ箱にぬいぐるみを放りこんだ。


その夜、息苦しさと重苦しさに多紀さんが目を覚ますと、どこからともなく声がする。

男のような低い声で、唄っているような、拍子をつけて囃《はや》し立てているかのような、妙に小気味のよい、軽快な声音だった。

眠い目をしばたたいて視線を前方に向けると、多紀さんの腹の上で何かが動いていた。あのぬいぐるみの猫だった。

「がっぱずーん・がっぱっぱっ・がっがずーん・がっぱずーん・がっがずんずーん！」

わけの分からない言葉の拍子に合わせ、猫は両腕を前後に振りながら長靴履きの足を激しく上下させ、多紀さんの腹の上でがくがくと身体を揺らして踊っていた。

「がっがずーん・がっがっがっ・がっがずんずーん・がっぱずーん・がばずぅーん！」

多紀さんはそのままくらりとなって、意識を失った。


翌朝目が覚めると、布団の傍らに猫のぬいぐるみが転がっていた。

恐る恐る手に取ってみたが、猫は動く気配もなく、多紀さんの手の中で沈黙している。

慌てて夫を叩き起こし、事情を説明すると、なんだか態度が妙によそよそしい。

問い詰めると、一旦処分に合意はしたものの、夜中になるとなんだか無性にあの猫が恋しくなって堪らなくなり、結局ゴミ箱から連れ帰って元の位置に戻したのだという。

呆れ返った多紀さんが「今度こそ捨てますからね！」と叱りつけると、夫はまたもやふたつ返事で、いともたやすく猫の処分に合意した。

「まったく……どうしてそんなにこの猫にこだわるの？」

溜め息をつきながら多紀さんが尋ねると、夫はぼんやりした顔で頭を掻き毟りながら、「さあ……そう訊かれると、実は俺もよく分からないんだよな」と答えた。

「それに」と、夫がさらに付け加える。

「このぬいぐるみ、動いてたってお前は言うけど、電池なんか入ってないぜ」

そう言って多紀さんからぬいぐるみを受け取ると、「ほら」と言って猫の背中を開き、電池箱の蓋を開ける。

確かにぬいぐるみの電池箱は、空っぽだった。

「だからもう、やっぱりこんな物はいらん。捨てて構わん。いや、今すぐ捨てて来い」

言い終えるなり夫は、多紀さんからすっと目をそらし、顔を伏せてしまった。

夫の態度に不信感を抱き、カマをかけてみるつもりで尋ねてみる。

「このぬいぐるみ、本当はどこで手に入れたの？」

夫の顔を覗きこみ、子供の嘘を暴くような口調で問い質す。

夫は少しの間、多紀さんの顔色をちらちらとうかがいながら、顔をあげては伏せるを繰り返していたが、やがて小声でぼそりと白状した。

「京都の寺にあったやつを拾ってきた……」

夫の話によれば京都の観光中、たまたま立ち寄った寺の中に水子の供養塔があった。何気なしに目を留めると、供養等の下に置いてあったこの猫のぬいぐるみが目に入り、とたんに欲しくて欲しくて堪らなくなった。

元来、ぬいぐるみなどには一切興味がないはずなのに、自分でも妙だなとは感じたが、それでも欲望は抑え切れず、見れば見るほど猫が欲しくなる。

結局、人目を盗んでかっさらうようにして、猫を持ち帰って来たのだという。

「今にして思うと、本当にどうしてこんな物が欲しくなったのか、自分でも分からん」

そう言って、しょんぼりと項垂《うなだ》れる夫の様子は、本当に腑に落ちないといった具合で、ある種の誤魔化しや言いわけがましさなど、微塵も感じられなかった。

結局、ぬいぐるみはその日のうちに近所の公園のゴミ箱に投げ捨ててきた。

その夜からは、猫の声も金縛りもぴたりと治まったそうである。

オンリーワン

今から十年ほど前の冬場。

翠《みどり》さんの飼っている猫のチロが、重篤な容態に陥った。

なんだか最近、食欲がない。玩具を目の前でひらつかせても、いまいち反応が薄い。

初めはその程度の異変だったため、さして気にも留めなかった。

ところがチロはそれから急激な勢いで衰弱し始め、食欲や好奇心はおろか、しだいに自分で用を足すことさえままならなくなってしまった。

猫は最近、二歳を迎えたばかりの若い雄で、老衰などとはまだまだ無縁の年頃である。

近くの動物病院で診てもらったが、猫の容態は獣医も頭を捻る有様だった。

初めは猫エイズなどの重篤な感染症を疑い、一通りの検査をおこなってくれたものの、結果はいずれも陰性ということで、主だった原因が特定できない。

触診やレントゲンによる検査の結果、骨折や体内に異物が入っているなどの可能性もまず考えられないと断言され、結局、原因は不明と診断されてしまった。

とりあえず、ということで処方された抗生剤や栄養剤を与えてみても、快復の兆しは一向に表れない。日を重ねるごとにチロは鳴くことすらできなくなるほど弱っていった。

体調を崩して以来、チロはいつも台所の隅にある猫用ベッドで寝ていた。

本来なら、付きっきりで看病したいところだったが、あまり猫のそばに長居をすると猫のほうが神経を使って消耗するらしい。獣医からそんな説明も聞いていた。

仕方なく、翠さんは出勤前のわずかな時間と、帰宅後になるべく手早く容態を確認し、あとは時折そっと様子をうかがう程度に留めて、ひたすらチロの回復を祈った。


チロが体調を崩して二週間ほどが過ぎた、ある深夜のこと。

翠さんが用を足すため寝室を抜けだすと、台所のほうに何かの気配を感じた。

じっと見てみると、ベッドに横たわるチロの傍らに、白地に黒いぶち模様の猫が一匹、ちょこんと座ってチロを見おろしている。

あ、ブチだ。と、翠さんは思った。

ブチというのは、翠さんが現在のチロを飼う以前に飼っていた先代の猫で、翠さんがこのマンションに暮らし始めてまもなくの頃、生まれて初めて飼った猫である。

ブチは五才半まで生きたが、二年ほど前の夏場に翠さんの不注意で部屋から飛びだし、車に轢かれて死んでしまった。

ブチの死後、仕事が手につかなくなるほど打ちひしがれ、憔悴しながら暮らしていた翠さんを心配し、ある日、職場の同僚が連れてきてくれたのが、今のチロだった。

当時は片手で抱きあげられるほど小さかったチロを抱きしめながら愛でているうちに、ブチを失った悲しみは少しずつ癒され、チロは翠さんの新しいパートナーになった。

あの時、チロと出会えたから、自分は悲しみから立ち直ることができたのである。

あんな思いをまたするようになるのかと思うと、それだけで胸が苦しくなってくる。

ふうふうと脇腹で荒く呼吸しながら、苦しそうな顔で丸まっているチロのすぐそばで、ブチはひたすら微動だにせず、チロの顔を覗きこむようにしてじっと見つめていた。

お願いブチ、この子を助けてあげて……。

翠さんはすがりつくような思いでブチに向かって懸命に手を合わせた。

物言わぬブチは、翠さんが祈り終えると、やおら煙のように姿を消してしまった。

その後も夜中になるとたびたび、チロの傍らにブチが座っているのを目撃した。

翠さんはブチを見かけるたびに手を合わせ、チロの回復をお願いした。

けれども翠さんの願いとは裏腹に、チロの容態はいよいよ深刻なものとなっていった。

これまでは好物のおやつや、のどの通りがよいペースト状の缶詰を、少量ずつでも食べてくれていたのだが、三日ほど前からそれらも拒絶し始め、食事の量がさらに減り、ついには何も食べなくなってしまった。

やがて水すら飲まなくなり、とうとう翠さんも覚悟せざるを得ない状況に陥る。

急ぎ足で帰宅したその日、翠さんは遅くまでチロの傍らに付き添い、辛抱強くチロの口を水で濡らしてあげたり、顔を拭いてあげたりして時間を過ごした。

ただ、そうこうする間にもチロの衰弱は否応もなく進み、やがて深夜を過ぎる頃にはチロはがくりと項垂れ、ほとんど動かなくなってしまった。

弱りきったチロの姿に耐えきれず、翠さんの目から大粒の涙がぼろぼろと零《こぼ》れ落ちる。

お願い、この子を連れていかないで！

今や虫の息となったチロを見つめながら、翠さんは必死になって祈り続けた。

その時、衰弱したチロの傍らに、ブチの姿がぽっと浮かびあがった。

ブチ、この子を助けて！　お願い、助けてあげて！

ブチの出現に一縷の希望を見いだし、必死でブチにお願いを始める。

もう嫌だよ……もう独りになりたくない……。だからこの子を助けて、ブチ！

嗚咽をあげながら手を合わせ、必死でブチに祈り続ける。

すると、これまではチロの傍らに黙って座っているばかりだったブチが、おもむろに腰をあげ、ゆっくりと立ちあがった。

そのまま横たわるチロに向かっていき、チロに覆い被さるようにして身体を重ねる。

藁にもすがる思いで一心不乱に祈り続ける翠さんの耳に、やがて「みゃあぁ……」と、チロのか細い鳴き声が届いた。

息を吹き返した！

泣き顔に笑みを浮かべて、チロの様子を覗きこむ。

衰弱したチロの上にブチが馬乗りになり、物凄い形相でチロの首を噛み絞っていた。

チロは真っ黒い瞳をおはじきのようにまん丸く広げ、翠さんの顔をまっすぐ見ながら、「みゃあぁぁ……」と苦しげな声をあげている。

唖然としながら翠さんがその場に硬直していると、チロの声はしだいに「ぐあぁ」と、うめきのような声に変わり始めた。

「ブチ……何やってるのッ！」

はっとなって身を乗りだし、チロの上に覆い被さるブチを思いっきり手で薙ぎ払う。が、翠さんの手はブチの身体をすり抜け、虚しく空を切った。

何度やっても結果は同じだった。

その間にもブチは、チロの首を力の限り噛み続け、チロの鳴き声はだんだんと苦悶のうめきから、弱々しい呼吸の入り混じったか細い喘ぎに変わっていった。

チロは最後に「かはあっ」と一際大きな息を吐きだすと、あぶく混じりの小さな舌をだらりと垂らし、それきり動かなくなってしまった。

その場に呆然とへたりこむ翠さんをちらりと一瞥すると、ブチは霧が散るようにして掻き消えてしまった。

あとにはチロの遺骸を抱きあげ、狂ったように泣き叫ぶ翠さんだけが残された。

その後、しばらく経ってようやく生々しい悲しみから解放された頃である。

翠さんは再び新しい猫を飼い始めた。

ところがチロと同じく、飼い始めて数年経つと猫は体調を崩し、衰弱する猫の傍らに毎夜のごとく、ブチが現れるようになった。

結局、次の猫も助からず、これを受けて翠さんは、終生猫を飼うまいと決意した。

「ブチはきっと、わたしにとって唯一の猫でいたいんでしょうね……」

そう言って翠さんは、複雑な笑みを浮かべて沈黙した。

無限リセット

飲食店に勤める芦崎《あしざき》さんから、こんな体験談を聞かされた。

話の発端は、二年ほど前に遡《さかのぼ》る。

ある日、芦崎さんはふとしたきっかけで、熱帯魚の飼育を始めた。

水槽は、俗にスタンダードサイズと呼ばれる横幅六十センチ規格のものを買い求めた。

アパート住まいの芦崎さんには、これがぎりぎり設置できるサイズの水槽だった。

愛魚として迎え入れたのは、グッピーやネオンテトラといった、初心者向けの魚たち。

流木や水草をあしらった水槽内に魚たちを放つと、群れになって泳いだり、流木の間を器用にくぐり抜けたりして、見ているだけで心が躍った。

大きな水槽を設置できない分、濾過器《ろかき》などの飼育装置はグレードの高い物を購入した。

その恩恵もあって、魚たちは一匹たりとも死ぬことなく、元気に成長していった。

初めは二十匹ほどの頭数でスタートした熱帯魚飼育も、インターネットや雑誌などで魚の写真を見ているうちに欲しい魚がどんどん増え、その都度水槽内の魚も増えた。結果、飼育開始から数ヶ月で、水槽内の魚は六十匹近い頭数に増えてしまったという。これは六十センチ水槽の水量では、すでに限界ぎりぎりの飼育数である。


それからさらに数ヶ月が経った、真冬の頃。

地元の熱帯魚店でたまたま見かけた熱帯魚に、芦崎さんはひと目惚れをしてしまった。ラミレジィという南米産の小型美魚で、成長してもサイズはせいぜい五、六センチほど。値段も特別高いものではないのだが、相変わらず自宅の水槽は、過密状態が続いていた。部屋も狭いため、新たな水槽を導入することもできず、そうなるともうお手上げである。後ろ髪引かれる思いで、芦崎さんは店をあとにした。

ところが帰宅後、悶々とした気持ちで水槽を眺めているうちに、芦崎さんの頭の中でふと、悪い妙案が浮かんでしまう。

だったら水槽自体をリセットすればいいじゃないか――。

少々後ろめたい思いを抱きながらも、行動自体は迅速だった。

芦崎さんは、水槽内の水温を一定に保っているヒーターの電源コードを抜いた。

折しも季節は、真冬である。加えてその日は、戸外に絶えず粉雪が降りしきっていた。

熱源を失った水槽内の水温は急激に低下し、やがて室温と同じほどにまでさがる。

芦崎さんはさらに室内の暖房も消してしまうと、そのまま夜中まで外で時間を潰した。

帰宅後、水槽内を覗いてみると、まだ何匹か息のある魚もいたが、大半は死んでいた。

凍てついた水底には、鮮やかな色みがすっかり抜けた小魚たちの死骸が累々と横たわり、代わりに悲愴な色を切々と滲ませていた。

翌朝までには、生き残っていたわずかな魚も全て息絶えた。

魚たちの死骸を掬《すく》いあげ、再びヒーターを稼働させると、その日のうちに芦崎さんは欲しかったラミレジィを五匹ほど買って、水槽内に放った。

かわいいラミレジィたちの姿を眺めていると、古参の魚たちを処分した罪悪感も忘れ、芦崎さんは新しい愛魚の観賞にさっそく夢中になった。

ところが、その翌朝のことである。

出勤前に餌をやるため、水槽の照明をつけると、五匹のラミレジィが全て死んでいた。

蒼ざめて死因を探ってみたが、水温は正常だったし、水質にも異常は見られなかった。魚たちの身体にも、外傷や病気を示す印は一切見られず、いずれの魚も水底でごろりと横たわるのみである。

濾過器もその他の飼育器具もきちんと稼働していたし、死因はまったく不明だった。

それから少し日を置き、今後は別の熱帯魚を二十匹ほど買った。

結果はラミレジィの時とまったく同じ。翌朝起きると、魚は全て死んでいた。

原因がまったく分からないのも、ラミレジィの時と同じだった。

さらに日を置き、三度目の正直と思って新しい熱帯魚をまた買った。

今度はアンモニアや亜硝酸の数値など、魚にとって有害な物質も徹底的にチェックし、前回よりも慎重に魚たちを水槽に迎え入れた。

それでも翌日起きると、魚たちは一匹残らず死んでいた。

これを最後にして、芦崎さんは熱帯魚の飼育を一切やめることにした。

内心、薄々感づいてはいながらも、今まで怖くて否定し続けていた〝本当の原因〟を、とうとう認めざるを得なかったからである。

「生き物って、どんなものでも祟るんですね。今は心から反省しています……」

憔悴した面持ちで、芦崎さんは話を結んだ。

水槽は今でも捨てずに保管してあるが、また罪もない魚を死なせてしまうかと思うと、再び水を張る気になど到底慣れないのだという。

「水槽、いりませんか?」と、持ちかけられたが、私は丁重にお断りさせていただいた。

二連チャン

数年前の真夏、地元のラジオ番組に出演するため、仙台の某テレビ局へ出かけた。番組は生収録で、夜の十一時台から収録開始とのことだった。

遅い時間に収録が始まるのは一向に構わなかったが、収録が終わる時間を計算すると、とっくに終電が出てしまう頃だった。これでは家に帰れなくなってしまう。

収録の数日前、これはもう、ホテルに泊まるしかないだろうなと考えていたところへ、たまさか友人の芋沢《いもざわ》君から連絡があった。

芋沢君は三十代前半の青年で、同じ仙台市内の郊外にある実家に両親と暮らしている。家は局からさほど遠からぬ距離にあったし、彼の両親とも面識があった。

泊めてもらえないかと頼んでみたところ、芋沢君はふたつ返事で「大丈夫っすよ」と色よい返事をくれた。おまけに当日は、局まで車で迎えに来てくれるという。

斯様《かよう》な段取りで収録に臨み、無事に収録が終わって局を出たのは、十一時五十分過ぎ。そろそろ日付を跨ぎそうな時間だった。

夜更けとはいえ、外の空気はじっとりとした湿気を孕《はら》んで蒸し暑く、粘り気を帯びた不快な熱気が、肌身に絡みつくように染みこんでくる。

駐車場に向かうと、すでに芋沢君が待っていてくれた。礼を言いながら車に乗りこむ。局の敷地を抜けだし、夜陰に黒々と染まる道を走り始めてまもなくのことだった。

芋沢君がふいに「ちょっとだけ、回り道していってもいいっすかね？」と言ってきた。

「いいけど、なんで？　どこを回って帰る気なの？」

尋ねると、芋沢君は妙な薄笑いを浮かべながら、「橋っすよ、橋」と答えた。

芋沢君が言う「橋」が、どの橋のことを指しているのか、含みを帯びた厭ったらしい笑みからすぐに察することができた。

局からほど近い、山中の渓谷に架かっている大きな橋のことである。

あえて名前こそ伏せるが、この橋は大昔から飛び降り自殺の名所として知られており、然様《さよう》に陰惨な来歴をもつ橋であるため、心霊スポットとしても全国的に知られている。

前作『怪談双子宿』でも何話か、この橋にまつわる怪異を紹介している。

そんな厭な橋をわざわざ遠回りまでして、深夜に渡ってみたいという芋沢君の心境も、概《おおむ》ね察することができた。

ひとつには、真夏ということでお化けの季節。ちょっくら心霊スポットにでも寄って、手軽に怖い気分を味わいたいという欲求。

これに加えて、今夜は拝み屋の私も一緒にいるということで、万が一何かが起きてもきちんと対応してくれるはず。

そんなことも芋沢君は見越し、こんな提案をしてきたのだろう。

愚かしい話だと思った。だからいい歳こいて、まともに彼女もできないのである。

それに、心霊スポットなど冷やかしに行かなくとも、心霊体験だったら、ついこの間、したばかりでないかと思いだす。

二週間ほど前の話である。深夜、自室で眠っていた芋沢君が寝苦しさに目を覚ますと、身体が石のように固まり、動かなくなっていた。人生初の金縛りである。

どうしたものかと焦り始めるなか、身体の上に何かが乗っているような重みを感じた。視線を向けても何が見えるわけでもないのだが、確かに何かが腹の上辺りに乗っかって、ずしりとした重みを加えられているのが感じられる。

同時に匂いも感じた。洗剤と香水が混じり合ったような、甘くて柔らかな香りだった。

鼻腔を優しくくすぐるその印象から察するに、腹の上に乗っかっているのはどうやら、若くて綺麗な女性ではないかと、芋沢君は思った。

思い得るなり、恐怖など吹っ飛び、代わりに激しい欲情に駆られてしまった芋沢君は、腹の上に乗っかっている〝視えざる美人さん〟に抱きつこうと、渾身《こんしん》の力を振り絞って金縛りを振りほどきにかかった。

とたんに気配がぱっと消え失せ、腹の重みも香りも、嘘のように掻き消えてしまった。あとには金縛りから解放され、茫然自失となった芋沢君だけが残されていたのだという。

こんな話を先日、本人から電話で聞かされたばかりだった。

「あれは一体、なんだったんすかねえ？」と芋沢君は不思議がっていたが、私が思うに件の〝視えざる美人さん〟は、発情した芋沢君にドン引きして、逃げだしたのだと思う。幽霊にまでふられるこいつって、なんて不憫《ふびん》な男なんだろう……。

そんなことを思いながらも大いに呆れ返ったのが、つい二週間前のことだったのだ。

そこへ今度は、自殺の名所へ肝試しである。懲りないものだと再び呆れてしまう。

だが、今夜は彼の家に泊めてもらう手前、無下《むげ》に断ったりするのもどうかと思った。

「普通に橋の上を通るだけならね」という条件で承諾すると、芋沢君は嬉々としながらハンドルを切り始めた。

それからまもなく、暗闇に包まれた前方に橋の姿が見えてきた。

古びた外灯にぼんやり薄明るく照らしだされた両脇の欄干《らんかん》には、自殺防止とおぼしき背の高いフェンスが張り巡らされ、何も出ずとも、すでに不穏な空気を漂わせている。

芋沢君はひょっとしたら、何か怖いことが起きたり、見られたりするのではないかと期待しているのかもしれないが、怪異は狙ったように易々と起こるようなものではない。

せいぜい怖い気分だけでも堪能すればよかろう。

思いながらハンドルを握る芋沢君の横顔を見やり、視線を再び前方へ戻した時だった。

前照灯に照らしだされた橋の上の路面から、何かがぬっと突きだしてくるのが視えた。

女の頭だった。

真っ黒な髪を乱させた若い女が路面のまんなか辺りから、直立不動の姿勢でまっすぐ、浮きあがるようにして迫りだしてくる。

女は寒気のするようなギラギラした笑みを浮かべながら、こちらに視線を向けている。

首から下の身体も腹の辺りまで現れ、まもなく全身が路上にあがってこようとしていた。

ああ、厄介なことになりそう。夜中にお祓いとか、本当に勘弁してほしいんだけど。

うんざりしながら見ていると、女がふいに視線を芋沢君のほうへ向けた。

とたんに顔から笑みがすっと消え失せ、まるで汚物でも見るようなしかめ面になる。

次の瞬間、女がすとんと落ちるような形で路面の中に消えた。

続いて車がその上を跨ぎ、何事もなかったかのように通過していく。

バックミラー越しに背後の様子を覗き見ても、女が再び姿を現すことはなかった。

「うーん……確かに雰囲気はヤバい感じでしたけど、なんにも出ませんでしたねえ？」

橋を渡り終えてまもなく、いかにも残念そうな口ぶりで芋沢君が言った。

何も視えていなかったんだろうと思う。

何も視えなくてよかったな、とも思った。

芋沢君。君はまた、お化けにドン引きされたようですよ。

心の中でひとりごち、つくづく不憫な男だなあと思いながら、私は助手席で芋沢君に気取られぬよう、細く小さなため息を漏らした。

堕天使の力

大学生の大川君《おおかわ》が深夜、繁華街の小さな呑み屋で友人たちと酒を呑んでいた時のこと。

「堕天使《だてんし》の力！　俺には堕天使の力が宿ってるんすよ！」

テーブル席で呑み始めてまもなくから、カウンター席に座るひとりの男が、隣の席に座っている客に向かって、わけの分からないことを熱弁していた。

大川君たちより少し年上の、二十代半ば頃とおぼしき小柄な男で、色の薄白い丸顔に大きな黒縁眼鏡をかけた、いかにもひ弱そうな雰囲気の人物である。

男は隣に座った客たちに弾けんばかりの笑みを向けつつ、自分には〝堕天使の力〟が宿っているとのたまっている。

「こうなんと言うかね、言葉にしちゃうと、なんかすごい陳腐になっちゃうんすけどね、念じると身体じゅうをふわあっとオーラが駆け巡って、力が発動しちゃうんすよ！」

呂律の回らない早口で、「中二病」としか思えないような戯言を吐き続ける男の話をまともに取り合う客などいるはずもない。ある者は呆れてたちまち席を移り、ある者は舌打ちをしながら会計を済ませ、店を出ていったりしていた。当然だろうと思う。

ただ、しとどに酔っている客の中には、その場の雰囲気で男の話に聞き入る者もいて、面白おかしく、茶々を入れたりすることもあった。

「そんなにすげえ力なら、見してくれよ！　俺、見てみたいなあ、堕天使の力！」

「いやいや、見せたいのは山々なんですけどお！　堕天使の力はちょっと特殊な能力で、屋内では発動しないいんですよねえ！　残念無念でたまりません！」

初めからくだらない話だと思いながら聞いていたのだが、そのうちくだらないと思う以上に、男の存在自体が鬱陶《うっとう》しくなってきた。堕天使の力がどうしたと思う。

「うるせえし、しつけえんだよ、あの野郎。頭おかしいんじゃねえのか？」

大川君が毒づくと、友人たちも「うぜえよな」と口を揃えて答え始めた。

早く消えろと思いながらも、男はそんなことなど素知らぬ顔で、その後も隣に座った酔客にくどくどと「堕天使の力」を力説し続けた。

狭い店内のため、どれだけ意識すまいと努めても、男の声は耳に飛びこんでくる。

一時間近く我慢し続けたのだが、ついに耐えられなくなってしまい、どこか別の店で呑み直そうということになる。

とはいえ、腹が立って仕方なかった。酔いが回り始めて気が大きくなっていることも手伝い、大川君は友人が会計をしている間に男の許へずかずかと向かっていった。

「何が堕天使の力だ、この野郎！　さっきからごちゃごちゃうるせえんだよ、バカ！」

怒鳴りつけるなり、男は子供のように頬を膨らませ、何やら言い返そうとしていたが、さっさと踵を返して店を出た。

友人たちと悪態をつきながら路上を歩き始めて、二分経った頃だった。

「あいや、待たれよおぉ！」

突然、背後から大声が聞こえてきたので振り返ると、五メートルほど離れた道の上にあの男が、肩を怒らせながら立っていた。

「あ？　なんか文句あんのか、おめえ！」

大川君が叫び返すなり、男も天に向かって両手を伸ばし、声高らかに叫びをあげた。

「堕天使の力！」

バカか？　と思った次の瞬間だった。

大川君の身体がぶわりと宙に浮いた。続いて身体がぐるりと車輪のように一回転して、受け身をとるまもなく、顔から路上に思いっきり落下してしまった。

「素晴らしきかな！　素晴らしきかな、この力！」

大川君がうめき声をあげながら路上に横たわるなか、男は勝ち誇ったような声をあげ、そのまま通りの向こうへ走り去っていった。

一方、大川君は、鼻の骨と前歯を二本へし折る大怪我を負ったそうである。

痙攣

数年前の春、主婦の美奈子《みなこ》さんが体験した話である。

五月のある日、小学校三年生になる息子・準《じゅん》君が、山間の観光地へ遠足に出かけた。

息子を学校へ送りだし、午前中の家事に取りかかると、この日は予定していた以上に早く終わってしまい、特にやるべきことがなくなってしまう。

そこでしばらくぶりに、子供部屋の大掃除をしようと思いついた。

息子のいない部屋へ入り、床いっぱいに散らばったお菓子の紙くずや雑誌の切り抜き、その他、雑多なゴミを片っ端から片づけてゆく。玩具も部屋じゅうに雑然と散らばって、足の踏み場もない状態だった。

整理してあげたところで、どうせまた散らかすだけだろうな、と美奈子さんは判じる。古くなってしまった玩具も、この際だから処分することに決めた。

必要そうな玩具、捨てられたら怒るであろう玩具、捨てても気づかないであろう玩具、明らかに不必要な玩具。母親の独断と直感で、次々と玩具が選別されてゆく。

黙々と作業を続けていくうち、拾いあげたひとつの玩具に美奈子さんの手が止まった。息子が小さい頃から大好きな、ヒーロー物のソフビ人形である。

人形は経年劣化で全体がうっすらと色褪《いろあ》せ始め、細かな擦り傷もたくさんついている。本来ならば捨てるべき物なのだろうが、人形は準君が幼稚園の頃に買ってあげた物で、以来ずっと手放さずにいる一品だった。無断で捨てたりしたらどんな反応をされるのか、結果は容易に察せられた。

大好きなくせに、どうして大事にできないのかしら。

乱暴に遊ばれ、ボロボロになった人形に「ねえ?」と話しかける。

すると、ふいに人形が小刻みにぶうんと震えだした。

携帯電話のバイブ機能に似た、じんわりと痺れるような感触だった。ところが震えはさらに激しさを増し、やがて人形が手の中でばたばたと暴れ始めた。

思わず「きゃっ!」と声をあげて人形を放りだすと、人形はわなわなと全身を震わせ、フローリングの床の上で両の手足をぶんぶんとばたつかせた。

その場に蒼ざめながら突っ立ち、暴れ続ける人形の動きを慄《おのの》きながら見つめていると、エプロンに入れていた携帯電話が鳴った。

準君の担任からの電話だった。

先ほど準君が崖から転落し、病院に搬送されたのだという。大急ぎで車に飛び乗ると、美奈子さんは指定された病院まで車を走らせた。

幸いにも準君の命に別状はなかった。

病院へ到着し、医師の説明を受けた美奈子さんは、安堵の吐息を深々と漏らす。

全身を強く打ち、一時は意識不明の重体だったが、脳の損傷や骨折なども見当たらず、後遺症も残らないだろうとのことだった。

実際に息子と面会してみても目立った外傷は特になく、ぴんぴんしていた。

ほっと胸を撫でおろす美奈子さんに、担任の先生が謝罪の言葉をかけた。

事情を聞けば同級生とふざけ合い、崖っぷちの柵を飛び越えた末の転落だったという。

「先生に落ち度はありませんから、どうぞ頭をあげてください」と言葉を返す。

が、本当に申しわけありませんでした、と重ねて深々と頭をさげる先生の次の言葉に、思わずぎょっとなる。

「びっくりして崖をおりていったら、準君の身体が物凄い痙攣《けいれん》を起こしていまして……。全身を強く打ったショックなんだと思うんですが、一時はどうなるのかと心配で……」

本当に助かってよかったです……。

言い終えるなり、先生は声をあげてすすり泣いた。

病室のベッドで横になる準君へ「何か、持ってきて欲しいものはある?」と尋ねると、あのヒーロー人形を持ってきてとせがまれた。

さっそく家に戻り、床の上に転がっている人形を拾いあげる。

人形は、いつのまにか全身にうっすらヒビが入っていて、痛々しい姿になっていた。

「ありがとう。身代わりになってくれたんだよね」

お礼を言いながら笑いかけ、廊下に出てまもなくだった。

美奈子さんはうっかり手を滑らせ、人形を床の上に落としてしまう。

「ごめんね!」と謝り、再び人形を拾いあげて病院へ戻る。

病院へ到着すると準君の容態の急変していて、意識がすっかりなくなっていた。

その数時間後、準君は意識が戻ることのないまま、静かに息を引き取ったそうである。

暗い店員

昔、若本《わかもと》さんが就職したばかりの頃の話である。

勤め先の近くにある牛丼屋に、いつも暗い顔で仕事をしている店員がいた。

四十代頃ぐらいとおぼしき、針金のように痩せ細った男で、色も死人のように青白い。

男はいつでもひどく憔悴したような面持ちで厨房の奥に立ち、黙々と仕事をしていた。

その姿は、見ているだけでこちらも気が滅入ってしまいそうになるほど陰気なもので、仕事帰りに店に寄るたび、若本さんはげんなりしながら彼の姿を横目にしていた。

いつ店に行っても呆れ返るほど、彼は判を押したように暗い姿で突っ立っているため、そのうち若本さんは、面白半分ながらも「ひょっとしたらあいつ、何か悪いもんにでもとり憑かれているのでは？」と思い始めるようになった。

そのように解釈すれば、男の異様に暗い佇まいに納得できて、笑うこともできた。

　さらに悪ノリした若本さんは後日、昔から霊感が強いという高校時代の女友達を誘い、再び牛丼屋を訪れた。

「なあ、あいつだよ。なんか見えない？　なんかにとり憑かれたりしてないか？」

カウンター席に並んで座り、声を忍ばせながら、さっそく彼女に尋ねてみる。

するとと彼女は訝しげに首を傾げながら、「誰のこと？」と答えた。

「いや、誰ってあいつだよ。奥で暗い顔して突っ立ってんじゃん」

再び厨房のほうへ振り返り、指を差そうとしたのだが、男の姿はどこにもなかった。

今の今までいたはずなのに……と思いながら、首を突きだし、厨房の隅々まで視線を巡らせてみたものの、それでも男の姿は見当たらない。

「あんたのほうが憑かれてたっていうか、憑かれそうになってたんじゃないの？」

呆れ声で告げられた彼女のひと言にようやく事態が呑みこめた気がして、若本さんはみるみる顔を蒼ざめさせていった。

　その後、勤め先の同僚たちや友人たちと何度か店へ行ってみたのだが、暗い顔をしたあの店員を見かけることは二度となかったそうである。

常連

コンビニ店長を務める河合《かわい》さんの話である。

河合さんが勤めるコンビニの常連客に、池本《いけもと》という男がいた。

歳は二十代後半で、河合さんより十歳以上年下の若造なのだが、地元で幅を利かせる半グレ集団の幹部だとかで、やたらと態度がでかい。

いつも同年代のケバい身なりをした彼女か、いかにも柄の悪そうな雰囲気の後輩らを引き連れ、主に深夜、店にやって来る。

上から目線のタメ口で河合さんの名を呼び捨てにするなど、まだほんの序の口だった。

その日の機嫌しだいで、河合さんの容姿や年齢を物笑いの種にしてからかう日もあれば、何か面白くないことがあれば、接客中の些細なことで絡み始め、恫喝《どうかつ》される日もあった。

そんな最悪の常連客に、河合さんは常々うんざりさせられていた。

ところが、池本が店に通うようになって数年経った、真冬の頃である。

彼が交通事故で死亡したことを、朝のニュースで知った。

深夜、地元のまっすぐな田舎道を猛スピードで飛ばした末に車がスリップを起こして、道の脇に広がる田んぼへ転落。助手席に乗っていた彼女も死亡したという。

狭い地元なので、事故の詳細は店のスタッフや常連客らの口から、勝手に流れてきた。

車は時速百五十キロ近いスピードが出ていたらしく、スリップを起こした車体は、単に田んぼに転落するというよりは、渦を描くように回転しながら、寒気で半ば凍りついた固い土にめりこみ、車はまるで絞った雑巾のような形になっていたらしい。

池本も彼女も、即死だったそうである。遺体の損傷も激しいものだったと聞かされた。

そんな話を耳にするたび、河合さんは「悲惨でしたねえ」と取り繕《つくろ》って答えていたが、内心では肩の荷がおりたような心地になっていた。

これで今後は、気楽に深夜の仕事ができる。理不尽な苛立ちや屈辱に耐えることなく、普通に仕事ができるのだと思うと、それだけで気分が晴れやかになった。

大方、彼女に恰好いい運転テクニックでもひけらかそうとして、やらかしたのだろう。

あのバカらしい末路だとも思った。

思っていたとおり、池本の死後における深夜勤務は平穏そのものだった。柄の悪い後輩たちはそれなりにやって来たが、池本がいないと大人しく、河合さんをからかったり、凄んできたりすることもなかった。

そうして日々の仕事を心穏やかにこなし続けて、ひと月ほどが経った頃だった。深夜二時過ぎ、いつものように店内のゴミを袋にまとめ、店の裏にあるゴミ置き場へ向かうべく玄関を出た。

外へ足を踏みだしたとたん、何やらぶにゅりと湿った感触をしたものを踏んでしまう。反射的に足をあげるなり、自分が踏んだものがなんなのか分かり、悲鳴があがった。

鼻から下が半分に断ち切れた、人の頭だった。

それも池本の頭だった。

池本はまるで、水面から頭を半分突きだしているかのような形で、店の入口の乾いたコンクリートの地面から、こちらを鋭い視線で睨みながらじっと見あげていた。

髪も顔もどろどろと粘り気を帯びた赤黒い血に塗れ、分断された顔の下半分の断面や鼻の穴からも血が噴きだし、地面にじわじわと赤い水溜まりを広がらせている。

店の中へ逃げこもうと踵を返しかけたところへ、背後から「おい」と声をかけられた。振り向くとカウンターの前に、頭の上半分がなくなって全身が血塗《ちまみ》れになった池本と、ケバい彼女が並んでいた。

彼女のほうは片足がなく、一本足で案山子《かかし》のように突っ立っていた。

ふたりの姿を見た瞬間、河合さんはそのまま意識を失い、倒れてしまった。

翌日から仕事を休み、なんとか気持ちを立て直して早期に復帰しようとがんばったが、駄目だった。深夜にひとりで垣間見た、池本と彼女の変わり果てた姿は、何日経っても脳裏にこびりついて離れず、仕事に出ようと考えただけで全身に強い震えが生じた。

結局、それからまもなく河合さんは店を辞め、今はまったく別の仕事に就いている。

やるんやったら、朝やろね

「やるんやったら、朝やろね」

深夜、松尾《まつお》さんが寝室のベッドで眠っている時だった。

どこからか聞こえてくる、女の声で目が覚めた。

初め、隣で寝息をたてている彼女が、寝言を発したのかと思った。

だが、彼女の顔を見てみると、完全に熟睡しているようで、そんな気配はまるでない。

「せやな。やるんやったら、朝やろね」

そこへ再び声が聞こえた。先ほどとは、違う女の声だった。

反射的に視線を向けると、ベッドの足元に人影がふたつ見えた。

キャミソール姿の若い女がふたり、こちらを見ながら横並びになって突っ立っている。

「やるんやったら、朝やろね」

「せやな。やるんやったら、朝やろね」

身体を左右にふらふらと揺り動かし、互いの顔を横目で見つめ合いながら、女たちは口元にうっすらと笑みを浮かべ、関西弁で何やら得体の知れない言葉を繰り返す。

一瞬、不審者だと思って飛び起きようとしたが、すんでのところで思いとどまった。よく見ると女たちの姿は、輪郭が煙のように、もやもやとぼやけていたからである。直感でこの世の者ではないと察し、たちまち全身が竦みあがった。

「やるんやったら、朝やろね」

「せやな。やるんやったら、朝やろね」

ふたりとも長い黒髪をしていたが、髪型はその昔、ディスコのお立ち台で踊っていた若い女性たちが好んでしていたかのような、いかにも古めかしく感じられるものだった。同じく、血の気の引いた薄白い顔だちも、なんとなく今風ではない印象を抱かせる。

女たちは同じ言葉を何度も繰り返しながら、こちらへちらちらと視線を向けていたが、不思議と松尾さんの視線と重なることはなかった。

怪訝に思いながら、ふたりの視線をよくよく辿ってみると、視線は松尾さんではなく、隣で寝ている彼女に向けられていることが分かった。

やるんやったら、朝やろね――。

朝になったら、こいつらは彼女に何をするつもりなのだろう……。

考えるなり、先ほどまでとは別種の恐怖が、胃の腑をずんと重たくした。

けれども同時に、なんとかしなくては、とも奮い立つ。一か八かと腹を括って上体を跳ね起こし、目の前にぶらさがっている蛍光灯の引き紐を勢い任せに引いた。

とたんに視界がぱっと明るくなり、入れ替わるようにして女たちの姿が掻き消える。

念には念をと、ベッドから起きだして、女たちが突っ立っていた周囲に隈なく視線を巡らせてみたが、やはり姿はどこにも見当たらない。

そこへ彼女が目を擦りながら起きだして、「どうしたの?」と尋ねてきた。

話すべきかためらったものの、未だ恐怖は治まらず、話さずにもいられなかった。

「なあ。誓って夢じゃないんだけど、実はたった今、こんなことがあったんだよ……」

戸惑いながらも先ほどまで自分自身が見たもの、起きたことの一部始終をできる限り詳細に、彼女に順を追って説明する。

話が始まってまもなくから、彼女は顔色を真っ青にしながら、「え? 嘘、嘘?」と身をがたつかせ、目にうっすらと涙まで浮かべ始めてしまった。

ああ、やっぱり言うべきじゃなかったかな……。

彼女のあまりの怯えぶりに後悔し、話を切りあげようかと思いかけた時だった。

「……ごめんなさい。今日、わたしをお祓いに連れていってくれますか？」

ぼろぼろと大粒の涙をこぼしながら、彼女が突然、頭をさげた。

「正直に言います。本当に本当に、ごめんなさい……」


先週末、彼女は関西の某テーマパークへ、泊りがけの遊びへ出かけたのだという。

松尾さんは、勤め先の友人たちと、泊りがけの女子会をするのだと聞かされていた。

そこまではよかったのだが、彼女と関西へ出かけたのは、勤め先の友人たちではなく、勤め先の男性社員だった。

日中はテーマパークで時間を過ごし、夕飯を済ませたあと、市街のビジネスホテルにふたりで同じ部屋にチェックインした。

ところが部屋へ入ってみると、内装が全体的に古びていて、おまけに明かりも薄暗い、なんとも陰気な雰囲気の部屋だった。こんなところで一晩を過ごすのかと思っただけで気分が重たくなったものの、仕方なく割り切ることにした。

ベッドに入って電気を消して、しばらく眠った頃だったという。

彼女もまた、どこからともなく聞こえてくる女の声で目を覚ました。

「やるんやったら、朝やろね」

「せやな。やるんやったら、朝やろね」

声がするほうに視線を向けると、ベッドの足元にキャミソール姿の女がふたり並んで、こちらをじっと見つめながら、得体の知れない言葉を交わし合っていた。

たちまち悲鳴があがり、ほとんど脊髄反射で枕元にある照明スイッチを押す。

部屋が明るくなると同時に女たちの姿は跡形もなく消えてしまったが、こんな部屋にこれ以上いるのは絶対に無理だった。騒ぎに驚いて目覚めた相手の男に必死で泣きつき、すぐさま部屋を飛びだした。

その後は近所のファミレスで朝まで過ごし、翌日の予定を全て切りあげ、慌ただしく帰宅してきたのだという。

「多分、追っかけてきちゃったんだと思います……。多分、わたし、やばいです……。お願いします、謝ります。朝になったらわたしをお祓いに連れていってください……」

ベッドの上でぴたりと身をひれ伏し、彼女がぐずりあげながら松尾さんに懇願する。

思いがけない彼女の告白に、浮気の事実が発覚してしまったものの、裏切り行為への怒りよりも、先ほど目撃したあの女たちへの恐怖がさらに強くなってしまった。

「分かった。正直に話してくれてありがとう」

自分でもわけの分からないお礼まじりの答えを返すと、ふたりで一睡もできないまま朝を迎え、それから地元でいちばん大きな神社へ向かった。

幸い、その後はふたりの許に同じ女たちが現れることはなくなったそうだが、今でも女たちが話していた言葉を思いだすと、身が強張ってしまうという。

やるんやったら、朝やろね——。

朝になったら、一体何をされていたのだろう。

声は今でも耳にこびりついて、離れることはないそうである。

波瀾万丈

二〇一五年の十二月だったと思う。

私の仕事場に栄都子《えつこ》という名の、五十代半ば過ぎの女性が相談に訪れた。

艶みを帯びた黒い生地のワンピースに、首から金色のネックレスを何本もぶらさげた、全体的に地味だか派手だか、なんとも判断しかねる雰囲気の人物である。

相談内容を尋ねてみると、本が書きたいので書き方を教えてほしいのだという。

「とにかくわたくしは、波瀾万丈《はらんばんじょう》、山あり谷ありの壮絶な人生を送ってきたんですよ！　こんなドラマチックな人生をわたくしの記憶の中だけに埋もれさせるわけにはいかん！　と思いまして、あなたに本の書き方を教えていただきたくて参りました！」

なんでも、たまさかインターネットで、私が地元で作家活動をしていることを知って、押しかけてきたのだという。死ぬほど迷惑な話だと思った。

栄都子が「波瀾万丈、山あり谷あり」と過大に称する人生を聞かせてもらったのだが、それは貧しい幼少時代だったり、兄妹や身内との不仲だったり、子供の非行だったりと、広い世間のどこにでも転がっているような、ごくありふれたものでしかなかった。

はっきり言って、わざわざ公にするほどの話ではないと思ったのだが、個人の意思でそれを自伝として書きまとめることについては、なんら問題があるわけでもない。

差し当たって、「お書きになったらよろしいんじゃないですか?」と私は答えた。

「もちろん書きます、わたくしは書く気満々です! でも書き方が分からないんです! 本なんて今まで一度も書いたことがないので、プロのあなたにできればマンツーマンで、本の書き方を指導していただきたいんですね!」

意気揚々とした声風《こわぶり》で栄都子は答えた。

こちらが一応、プロの作家であることに間違いはない。しかし、当時はデビューしてまだ二年にも満たないぺーぺーである。大した実績があるわけでもなし、他人に対して一丁前に書き方やらテクニックやらを教えられるような立場でもなければ、技術もない。

内情を説明したうえで丁重に断り、文章の書き方については、カルチャースクールやインターネットなど、他に学べる場はいくらでもあることを栄都子に伝えた。

ところが当の栄都子本人は、しつこく食いさがる。

書き方を教えてもらうのはマンツーマンで、なおかつプロの作家がよいのだという。

「そう言っていただけるのはある意味、とてもありがたいことなのかもしれませんけど、生憎、私も拝み屋と文筆業の二足の草鞋《わらじ》で、生徒をとるなんて難しいんですよ」

嚙んで含めるように何度も言い伝えるも、まったく暖簾《のれん》に腕押しというやつだった。

「そうおっしゃらずに、そこをなんとかお願いしますよ！　わざわざこうしてあなたのお宅まで頼みに伺っている意気込みを買ってください！」

ああ言えばこう言うの繰り返しで、話は平行線をたどるばかりである。

そうして、しばらく不毛なやりとりが続くさなかだった。

「あなたのことを信頼しているから頼むんですよお！　どうかお願いいたします！」

栄都子の言葉に、ふと強い違和感を覚え、確認せずにはいられなくなってくる。

「あの、ちなみに私の書いた本は、何をお読みになったんですか？」

「いえ、まだ何も読んでいません！　これから読ませていただこうと思っています！」

笑顔で事も無げに即答すると、栄都子はまるで何事もなかったかのように話題を戻し、「マンツーマンでお願いしますよお！」とわめいた。

呆れて物が言えなくなる。代わりに細くて長いため息が漏れる。

仕事場にやって来てから栄都子はずっと、私のことを「あなた」と、呼び続けていた。「郷内《ごうない》先生」でもなければ、「郷内さん」ですらなく、ひたすら「あなた」なのである。

私の本をまったく読んでいないどころか、名前もろくに分からないくせに、栄都子は私にマンツーマンで文章の書き方を教えてほしいと頼みこんでいるわけだ。

図々しいにもほどがある。非常識も甚《はなは》だしい。元より、話にならない話ではあったが、ここに至って完全に時間の無駄と判じ、きっぱりお引き取りを願う。

それでも栄都子はしつこく懇願し続けたが、語気を強めて拒否するとようやく諦めた。ただ、マンツーマンを諦める代わりに、今度は「御守りが欲しいです」と言いだした。なんの御守りかと尋ねれば案の定、「プロの作家になれる御守り」が欲しいという。

そんなピンポイントな願いに用いるものはないので、単純に「願望成就」の御守りをその場で手早く作って栄都子に渡した。

「ありがとうございます！　これで絶対あたし、プロの作家になれるんですよねえ！」

能天気な笑みを浮かべてはしゃぎ始めた栄都子に「がんばってください」とだけ答え、私はこの日の相談を切りあげた。

それからひと月ほど経った、翌年の一月上旬のことだった。

県内の某ホテルから妙な電話が掛かってきた。電話の主は、ホテルの副支配人である。

用件自体は「御守りの注文依頼」だったのだが、ホテルの関係者が使うものではなく、弁償用に必要なのだという。事情を尋ねてみると、こうだった。

数日前に宿泊した客が部屋に置き忘れた御守りを、清掃係が誤って処分してしまった。帰宅後に気づいた客から連絡を受けたものの、すでにあとの祭りだった。

客は電話口で怒り狂い、「処分したのはそっちの責任なんだから、弁償しろ」という。それで御守りを作成した私の連絡先を客から伺い、電話をよこしたとのことだった。

なんとも気の毒な話だと思った。無論、客がではなく、ホテルのほうがである。

その客がどこの誰だか知れないが、私が作成した御守りを授与する際には、かならず「大事に扱ってくださいね」と申し伝えるようにしている。

たとえ故意に置き忘れたのではないにせよ、自らの過失で御守りを失くしているのだ。その責任をホテルに取らせて弁償させるなど、甚だ道理に反する愚かなことだと思った。

たちまち腹が立ってくる。

「お話はよく分かりました。ですけど、御守りの作成と授与につきましては、基本的に持ち主の方から直接依頼を受けるようにしております。御守り代のみ、ホテルのほうが弁償ということにして、新しい御守りの作成依頼につきましては、紛失したご本人様が直接連絡をくださるよう、お伝えください」

ぴしゃりと一気に説明すると、先方はひどく動揺していたようだが、それでもやがて「分かりました。そのようにお伝えいたします」と答えてくれた。

一体、どういう客だったのかと尋ねると、「五十代半ばの女性」という答えとともに、名前まで教えてくれた。名前を知ったとたんに「ああ」と思う。

それは先日、私に「本の書き方を教えていただきたい」と訪ねてきた、栄都子だった。あの非常識で強引な性格なら、これぐらいのクレームは平気でやるだろうなと納得する。迷惑な話である。

冗談めかして「変わった人じゃありませんでした?」と尋ねてみたところ、向こうは少し口ごもっていたが、まもなく「確かにおっしゃるとおりです」と返してきた。

それから「愚痴を溢すようで恐縮なのですが……」と前置きをしたうえで、清掃員がどんな状況で栄都子の御守りを処分するに至ったのかを説明してくれた。

お守りはなんと、部屋のテーブルの上に置きっぱなしにされていたコンビニ袋の中に入っていたのだそうである。

袋の中身は食べ終わった弁当の容器や空のペットボトルが入っていたので、清掃員は当然ながらこれを「ゴミ」として処分してしまったのだという。

電話口で栄都子が語ったところでは、コンビニ袋自体がまずもって「ゴミ」ではなく、空の弁当容器もペットボトルも必要なもので、家に持ち帰るつもりだったのだという。

言いわけにするにも、かなり苦しい出鱈目である。

しかし、客が「ゴミではない」と言い張れば、客の大事な持ち物ということになるし、それを勝手に処分したのであれば、弁済の責任が伴うのだと副支配人は言った。

心をこめて「災難でしたねえ」と労うと、向こうは「ありがとうございます」と答え、この日の通話は終わった。

それから一週間ほど経ったが、栄都子のほうから私の許へ連絡がくることはなかった。大方、バツが悪くて諦めたのだろうと思いなし、まもなくすると御守りの一件はおろか、栄都子のことすら忘れてしまった。

それからさらに三月ほど経った、四月の半ば頃のこと。

再び同じホテルから連絡が入った。

電話の主は以前と同じ副支配人だったので、声を聞いてすぐに御守りの件を思いだす。またぞろ栄都子から妙なクレームでも入ったのかと思ったのだが、話を聞いてみると、まったく違う用件だった。

最近、ホテルの一室に幽霊らしきものが出るので、お祓いをしてもらえないかという。

「物凄く多いというわけではないのですが、同じ部屋に泊まったお客様から似たような報告が何件も入っておりまして、なんらかの対応をせざるを得ないと判断したんです」

副支配人の話によると、こうである。

問題の部屋はホテルの四階の端っこにある、なんの変哲もないシングルルームである。ホテルは開業から二十年以上経つが、この部屋を含め、今まで宿泊客から幽霊に関するクレームが来たことは一度もないらしい。

問題の部屋に泊まった客はフロントに、いずれも同じような報告をしてきている。

夜、電気を消してベッドで寝入っていると、ふいに得体の知れない違和感を覚え始め、目が覚めてしまう。

薄暗い部屋の中に気配を感じて視線を向けると、部屋の中を真っ黒い人影が音もなく歩き回っているのだという。

客が驚いて悲鳴をあげると、人影はすっと姿を消して、同時に異様な気配も消える。だが、こんなものを見てしまっては、もはや同じ部屋で寝続けることなど無理である。それで血相を変えた客がフロントへ駆けこんでくるということだった。

一件ぐらいの報告であれば、さして気にも留めないのだが、その後も同様のケースが一週間から十日に一度ほどのペースで繰り返された。

客から初めに報告があったのは、一月の下旬頃。それから今現在に至るまで、幽霊に関する苦情はすでに九件になってしまっているという。異常なペースだと思った。

お祓いということなら、現地に直接行かなければならない。ホテル側に出張の是非を確認するとすぐに了解がもらえたので、引き受けることにした。


数日後の正午近く。ホテルへ出向いてフロントへ向かうと、電話をくれた副支配人がすぐに出てきて応対してくれた。五十代前半の、品のよさそうな雰囲気の男性である。

実際に問題の部屋へ行く前に事務室へ通され、改めて事情を聞くことになる。

「本職の方を目の前にして失礼かもしれませんが。幽霊って本当にいるものなんですね。さすがにこれだけお客さまから苦情が続くと、信じざるを得なくなってしまいました」

神妙そうな面持ちで副支配人が言った。

「お客さまから〝真っ黒い人影〟というお話を伺った時、初めはナイトスタンドの光がお客さまの影を捉えて、壁に映ったりしたものを誤認されたのだと思っていたんですね。ですが、くわしくお話を伺ってみると、ナイトスタンドは消していたというお客さまもそれなりにいらっしゃいました」

「それに」と、副支配人はさらに話を続ける。

「お客さまたちが目撃した影というのも、単に〝真っ黒い〟という点以外にもうひとつ、共通項があるんです。それがあるため、私も誤認とは思えなくなってしまいまして」

「その共通項とは、なんなんです？」

尋ねた私に、「影は光っているんです」と副支配人は答えた。

部屋に現れるという人影は、輪郭も全体の印象も、確かに〝真っ黒〟ではあるのだが、首から下の胸元辺り、そこだけがなぜか、星座のようにきらきら輝いているのだという。色は黄色か金色で、やはり星が煌《きら》めいているようだったと、客たちは語っていたらしい。

そこで私はぴんときてしまい、どうして今まで気づかなかったのだろうと思う。

「もしかして、その真っ黒い幽霊が出る部屋って、以前に御守りを弁償しろって騒いだおばさんが泊まった部屋と、同じ部屋じゃありませんか？」

さっそく調べてもらうと、やはりそうだった。

幽霊騒ぎが起きているシングルルームは、栄都子が御守りを失くした部屋だった。

「確かにそうですね。あのお客さまが泊まった部屋が、幽霊騒ぎの起きている部屋です。でも一体、これってどういうことなんでしょう？」

怪訝な顔で戸惑い始める副支配人に「くわしくは現場を見ながら説明します」と答え、部屋まで案内してもらうことにする。

問題のシングルルームは、副支配人の説明どおり、シングルベッドと鏡がついた机に、小さなサイドテーブルが置かれた、なんの変哲もない部屋だった。

部屋の中を歩き回って意識を集中しても、特別不穏な気配を感じることもない。

「おそらくなんですけどね……この部屋で何度も目撃されている真っ黒い人影の正体は、いわゆる幽霊なんかじゃなく、生霊のほうだと思います」

「え？　生霊って、生きた人間の思いみたいなものですよね？　誰の生霊なんです？」

「だからその、御守りを弁償しろって騒いだおばさんのですよ」

私の答えに副支配人はあんぐりと口を開け、それから太いため息を漏らした。

真っ黒い人影の胸元できらきら輝く光の件で思いだしたし、つながったのである。

昨年の十二月、私の許を訪ねてきた時の栄都子も、黒い生地のワンピースに、首から金色のネックレスを何本もじゃらじゃらとぶらさげていた。

蛍光灯の光を浴びたネックレスはやたらと反射して、目に鬱陶しいとも思っていた。

副支配人には「おそらく」と説明したが、間違いなかろう。

黒い人影の正体は、栄都子の生霊である。

今年の一月、御守りの一件でトラブルがあった際、私の提案で御守りの弁償金自体は、ホテル側が栄都子に支払ったのだという。

ところが、私からホテルの件を非難されることを恐れでもしたのか、栄都子はその後、私の許へは連絡をよこさずじまいだった。

それで潔く自省して、この件は終わりにすればよかったものの、栄都子の心の陰なる部分は、身勝手な不平不満と悔しさに苛まれ、復讐心に固執した。

それが生霊という形となって発露し、夜な夜なホテルの部屋に現れているのである。

「どうにかしていただけそうでしょうか？」

副支配人から問いかけられる前に、対応はもう決まっていた。

部屋の壁には、額装された小さな油絵が掛けられている。

「あれの裏に、生霊返しの御札を貼らせていただきたいと思います」

許可をもらって額を裏返し、持参した鞄にストックしている生霊返しの御札を貼る。

人死にがあったり、お化けが出たりする部屋には、額の裏側にこうして密かに御札が貼られているというのは、怪談業界やマニアの間ではつとに有名な話である。

私自身はこれまで、額の裏側に御札の貼られた部屋など一度も見たことがなかったが、まさかこうして自分自身の手で貼る日が来るとは思ってもみなかった。

その後、部屋の中で生霊返しの呪文を唱え、この日の対応は完了となった。

副支配人には、この後も客から苦情が来る場合には、また改めて対応することを伝え、私はホテルを辞した。

それからひと月以上経っても、ホテルから再び連絡が来ることはなかった。

連絡がないことを解決の証と判断し、これでもう大丈夫だろうと判断する。

ところがさらにひと月ほど経った午前中、思いがけない人物から電話がきた。

栄都子である。

「今日はどういったご用件でしょう?」と尋ねると、栄都子はひどく憔悴しきった声で、

「ここしばらく、頭痛と肩こりがひどくて苦しんでるんですよお……」と答えた。

朝、目が覚めると、ひどい頭痛と肩こりに見舞われていることがしばらく続いており。

大変なのだという。医者に行っても原因はまったく分からず、途方に暮れているらしい。

ちなみにいつ頃から症状が始まったのかと尋ねると、ふた月ほど前からだという。

私が生霊返しの御札を額の裏に貼った時期と、ぴたりと重なる。

ああ、効いているんだなあと、感慨深く思った。

「お祓いとか御守りを作っていただきたいんですけど、ご都合いかかですう?」

栄都子の問いに、私は「そんなことをしなくても、大丈夫ですよ」と答えた。

「おそらく原因は神経性のものだと思いますから、無闇に人を恨んだリ、怒ったりせず、常に清く正しく、前向きな気持ちでいることです。そうすればきっと、頭痛も肩こりも自然に治ってくれるはずですよ」

できうる限り優しい声音《こわね》を装って、噛んで含めるように言い伝える。

「ほんとですかあ？　お祓いとか御守りの力で治すとかってできないんですかあ！」

できるわけがなかろう。この場合は。

栄都子が頭痛と肩こりを引き起こしているのは、未だにホテルに対して邪な気持ちを抱き続けているからである。

生霊返しの御札は書いて字のごとく、現場に現れた生霊を撃退するためのものである。無意識のうちに発露しているものとはいえ、栄都子の生霊が懲りることなく、ホテルのあの部屋へ現れようとするから、その都度撃退されて頭痛と肩こりを招くのだ。

解決法はただひとつ、先ほど私が栄都子に伝えたとおりである。

ホテルに対して、二度と妙な感情を抱かなければいいだけのことである。

まともな理性を持っている人間なら、別に大して難しい問題ではない。

相も変わらず、こちらの説明など右に左と言った様子で、しつこくお祓いを所望する栄都子の言葉をこちらも受け流し、きりのいいところで通話を終えた。

まったく、波瀾万丈な人生になってしまいましたね、とにやけ面で思いながら。

すっからがんこ

上田《うえだ》さんが小学生の頃、地元の田舎に〝すっからがんこ〟という渾名の老人がいた。

小豆色の薄汚れたジャージの上下にボロボロのジャンパーを引っ掛け、顔は髭もじゃ、白髪の混じってぼさぼさに乱れた頭髪は、まるで鳥の巣のようだった。

年がら年じゅう、昼間から地元の雑貨店や酒屋の軒先でカップ酒を呷《あお》っては、道行く人々にクダを巻いたり、怒鳴り声を撒き散らす。酔いが回り過ぎると、路上でいびきをかいて寝こんだりしているような老人だった。

浮浪者のような風体でお金を持っていなさそうだから、すっからかんの〝すっから〟。誰の注意にも忠告にも耳を貸さず、癇《かん》に障《さわ》ると見境なく怒鳴り散らして暴れ始めるので、頑固者の〝がんこ〟。

これが〝すっからがんこ〟の渾名の由来だった。

上田さんの地元は狭い田舎だったため、すっからがんこは地元の間で、悪い意味での「有名人」だった。学校や大人たちは、子供たちに「彼には決して近づかぬように」と、事あるごとに注意を呼びかけていた。

とはいえ、仕事もせずに路上でひたすらべろべろに酔っ払っている彼のような人物は、娯楽の少ない田舎町にとって、好奇の対象でしかなかった。上田さんを含む悪ガキたちは、暇と隙を見計らっては、すっからがんこをからかって逃げ回るのが日課だった。

からかうといってもそれなりにコツがあり、まだ酔いが不十分で、すっからがんこの足腰がまともなうちは絶対に手をださない。

この段階で下手にちょっかいをだしてしまうと、すっかり激昂したすっからがんこは、それこそ地の果てまで子供たちを追いかけ回す。

運悪く捕まってしまうと、よくて呂律の回らない説教。

悪ければ、問答無用の鉄拳制裁が子供たちを見舞うことになっていた。

だから上田さんたちは、学校が終わるとまず、雑貨店や酒屋の軒先で酔っ払っている、その日のすっからがんこのコンディションを遠巻きに観察する。そうしてアルコールが全身に回り、足腰がダメになる頃合いを待ち続けるのである。

駄菓子を頬張ったりしながら、辛抱強く待ち続けていると、軒先の自販機や電信柱に寄りかかって酒を呷っていたすっからがんこがそのうち、地べたにどっかりとあぐらをかいて座ったり、横になってみたりをし始める。

足腰がダメになり始めてきたサインである。

それからもうしばらく待っていると、再びよろよろと立ちあがり、意味の分からないうめき声を発しながらズボンをおろし、電信柱に向かって盛大に放尿し始める。

すでに足腰はふらふらなうえに、ズボンもご丁寧に膝までずるりとさがっている。

この瞬間こそがすっからがんこ襲撃における、最大にして唯一のチャンスだった。

すかさず一斉にすっからがんこの真後ろにわっと飛びだし、大声で大合唱を始める。

「すっか〜らがんこ〜、が、が、がぁんこぉ〜！　百杯呑んで〜ねんね〜してえぇ〜！しっこし〜て、うんこし〜て、ま〜た明日〜！」

一同が朗々とした調子で歌い始めると、すっからがんこの両肩がぴくりと持ちあがり、まるで壊れたロボットのような所作で、ぎぎぎとこちらを振り返る。

それから「このガキどもぉ〜！」と淀んだ咆哮をあげ、上田さんたちを追い始める。

そうすると一同は「わあ〜っ！」と黄色い声をあげながら、全力疾走で逃げ始める。

すっからがんこは血眼になって上田さんたちを捕まえようとするも、酩酊状態のうえ、膝までさげたズボンに足がもつれてうまく走ることができない。怒声を張りあげながら下半身丸だしで、ある程度は追跡を試みるも、すぐに諦めて地べたにどっかり座りこみ、ぜえぜえと酒臭い息を弾ませる。そして「次は絶対とっ捕まえて殺してやる！」などと、遠ざかる上田さんたちの背中に向かってわめき散らすのだった。

酔いから醒めると記憶が飛んでしまうのか。

それとも彼なりに何か、子供たちへの処遇に対して思うところでもあったのか。

不思議なことに、すっからがんこは、上田さんたちがどれだけ手ひどくからかっても、翌日になると全てを忘れているようで、再びからかわれるまで無警戒になった。

捕まりさえしなければ、特にペナルティも生じないこともあり、上田さんたちは結局、小学校を卒業する頃まですっからがんこをからかい続けた。

けれども、中学生にもなると、さすがにすっからがんこに対する興味も失っていった。

いつしか上田さんたちにとってすっからがんこは、かつての〈好奇と興味の対象〉から、単なる〈地元の風景の一部〉となり、通学や下校途中、視界の端にちらりと入るだけの、どうでもいい存在になってしまった。

やがて上田さんは、地元の高校を卒業すると東京の大学へ進学。

そのまま都内の企業に就職し、社内恋愛から発展して婚約者になる女性もできた。


それからまもなく経った、八月の暑い盛りのこと。

上田さんは婚約者を紹介するため、実家がある田舎へ数年ぶりに帰郷した。

婚約者の紹介を済ませた翌日、助手席に彼女を乗せ、父親から借りた車で隣町にあるショッピングモールへ遊びに出かけた。

夕暮れ時に実家へ戻るさなか、車が地元の雑貨店の近くに差し掛かると、店の軒先に薄汚れたジャンパーを着た老人が、ぽつんと佇んでいるのが見えた。

「あっ！　すっからがんこじゃん！」

思わず声をあげて上田さんが驚く。

カップ酒を片手にふらふらと揺れる老人は、間違いなくあのすっからがんこだった。

堪らず笑いがこみあげ、思わず車内で当時の囃子歌を歌い始める。

「すっか～らがんこ～、が、が、がぁんこぉ～！　百杯呑んで～ねんね～してえぇ～！

しっこし～て、うんこし～て、ま～た明日～！」

「何、どうしたの？」

わけの分からない顔をしている婚約者に、すっからがんこのエピソードを笑いながら語って聞かせ始める。そこまでの記憶は、はっきり覚えているのだという。

そこから時間がぶつ切りされたように記憶が飛び、再び気がつくと、上田さんの車は地元の山の裾野に広がる林の中、狭い林道の路肩に停まっていた。

我に返って状況を確かめようとした瞬間、額に釘を突き刺されたような強烈な頭痛と、強い吐き気を覚えた。それに加えて車内には、むせ返るような酒の臭いが充満していた。

隣に視線を向けると、助手席で婚約者がいびきをかいて眠っていた。

その足元には、カップサイズの日本酒の空き瓶が、何本もごろごろと転がっている。空き瓶は、上田さんが座る運転席の足元にも大量に転がっていた。

ひどい酒の臭いに胃が刺激されて逆流を起こし、そのままドアを開けて転がるように車外へ飛びだすと、地面に向かって嘔吐した。派手な水音を立てながら、口から地面に撒き散らされたのは、臭いからして日本酒で間違いなさそうだった。

そこへ婚約者も目を覚ました。

上田さんが声をかけるまもなく、彼女も車外へ飛びだすとすかさず地面に嘔吐した。

何が起きたのか、まったく記憶がなかったし、まるで見当もつかなかった。

だが、状況から察するに、どうやら自分たちはどこかで大量にカップ酒を買いこんで、この林道までやって来た。それからおそらく、車内で信じられないの量を酒を呑み続け、潰れて意識を失ってしまった。

そのように考えることしかできなかったが、どれだけ考えても身に覚えがなかった。とはいえ、呑んでいることは事実なため、しどろもどろになりながらも実家に事情を説明し、迎えに来てもらった。

実家への帰り道、迎えに来てくれた母親にすっからがんこのことを尋ねてみたところ、五年ほど前の夏場に他界していると聞かされた。先ほどの雑貨店の前でいつものごとく酒を呑んでいたところ、急に倒れてそのまま逝ってしまったのだという。

未だに何が起こったのか理解できず、酔いの不快感と恐怖で色を失っている婚約者に「お前もあいつの姿、見てるよな?」と尋ねると、「確かに見た」と答えが返ってきた。

ならばやはり、原因はひとつしかないと上田さんは思った。

この一件ののち、地元ですっからがんこの姿を見かけることは二度となかったものの、代わりに上田さんと婚約者は、日本酒がまったく呑めなくなってしまったそうである。

診察

ある初秋の夕暮れ。

数日前から体調不良気味だった千奈《ちな》さんは、会社帰りに市内の総合病院へ向かった。

前の週に催された会社の送別会で呑み過ぎて以来、なんとなく続いていた気だるさが、この数日で一気に悪化してしまったような感じだった。

外来受付に診察券を差しだし、広い待合ホールの長椅子で項垂れながら待っていると、しばらくして千奈さんの名前が呼ばれた。

カルテを受け取り、おぼつかない足取りで内科の診察室を探して歩きだす。

院内を奥へと向かってしばらく歩くと、〈内科〉と書かれた室名札を見つけた。

曇りガラスの小窓がついた引き戸を開け、中へと入る。

四畳ほどの狭い中待合室に人の姿はなく、中はしんと静まり返っていた。

室内に置かれた丸椅子に腰かけてまもなく、診察室の戸が開き、中から若い看護師が出てきて千奈さんを招き入れた。

診察室には薄い頭髪をオールバックにした、四十代半ば頃とおぼしき医者が机に着き、千奈さんに軽く会釈したあと、型通りの診察が始まった。

丸椅子に座り、医者に訊かれるまま、詳しい症状や容態を説明する。

医者は、黒縁の分厚い眼鏡に大きなマスクをしていたので、表情が分からなかったが、柔らかな物腰で、説明や応対も丁寧だったため、とても話しやすかった。

「ただの風邪だとは思うのですが、少し気になる点もありますので、検査なども含めてもう一度だけ来ていただきたいのですが……」

カルテにさらさらとボールペンで書きこみをしながら、丁寧な口調で医者が言った。

「そうですか……。それじゃあ、今週中ということでよろしいでしょうか？」

訊き返すと、「結構です」とのことだったので、二日後の木曜日に予約を取った。

「それでは、木曜日に」

事務椅子をくるりと回して千奈さんに向き直り、医者はカルテを差しだした。

カルテを受け取り、軽く頭をさげて丸椅子から立ちあがる。

そのまま踵を返して退室しようとしたのだが、引き戸の取っ手に手を伸ばしかけた時、丸椅子の傍らにバッグを置き忘れていたことを思いだした。

いけない、と思いながら、慌ててうしろを振り返る。

誰もいなかった。

「え……」

思わずぽつりと乾いた声が漏れる。

空っぽの事務机と事務椅子、ぴたりと閉め切られた窓際のカーテン。

誰もいない診察室にひんやりと冷たい空気だけが、さわさわと揺らめいていた。

千奈さんが踵を返し、引き戸に向かって数歩進んだ、一瞬の出来事だった。

そのわずかなうちに、つい今しがたまで事務机の前に腰かけていたはずのあの医者も、傍らにいた看護師も、千奈さんの前から忽然と姿を消してしまっていた。

顔面蒼白になって中待合室を出ると、中年の看護師が千奈さんの許へ駆け寄ってきた。呼びだしからずいぶん待っても診察に現れないので、捜していたのだという。

「部屋を間違えたみたいです」としどろもどろに言いわけすると、看護師は千奈さんの背後をちらりと見やって、「ここは今使われていないんです」と答えた。

背後を振り仰ぐと、〈内科〉と書かれていた頭上の室名札がいつのまにか消えていた。

はっと思って、片手に持っていたカルテを見てみる。

先ほど医者が書いたはずの書きこみがすっかり消え、ただの白紙になっていた。

とたんにひどい寒気を覚え、千奈さんは看護師の肩を借りながらその場をあとにした。


診察後、家路をたどる千奈さんの脳裏には、あのオールバックの医者と看護師の顔が、何度も繰り返し、生々しく浮かんでいっては消えていった。

はっきり顔を思いだせる。質疑応答の一部始終も思いだせる。

細々としたやりとりも、その何もかもを詳細に思いだすことができる。

だから自分は間違いなく、あの〈内科〉と札の掛けられた診察室で診察を受けた。

けれどもその揺るぎ難い確信こそが、千奈さんの身を震わせる原因にもなっていた。

だがしかし。本当の意味で恐ろしく、総身をさらに震え慄《おのの》かせるのは、その後に続く出来事だということをこの時、千奈さんはまだ知らなかった。

往診

二日後の木曜日。

残業で夜遅くに帰宅した千奈さんは、急いで風呂に入り、簡素な晩御飯を済ませると、早々とベッドへ潜りこんだ。

体調はだいぶよくなってきていたが、まだまだぶり返しそうな気配もあった。

明日さえどうにか乗り切れば、週末の二連休で完全に体調を回復させられる。

もうひとがんばりだと思いながら、部屋の明かりを消して目を閉じた。


それからまもなく夢を見た。

夢の中で千奈さんは病院の診察室に独りでいて、誰もいない事務机の傍らに置かれた丸椅子に、ぽつんと腰をおろしていた。

院内は真冬の湖面のようにしんと静まり返り、人の気配は微塵も感じられない。

辛抱強く待ち続けたが、いつまで経っても診察室には誰も現れる気配がなかった。

やがて強い不安を感じ始め、椅子からすっくと立ちあがる。それから大声を張りあげ、

「[redacted]先生！　[redacted]先生！」と、医者の名を叫んだ。

すると突然、院内のはるか遠くから、何かが地響きのような凄まじい音をたてながら、
物凄い勢いで近づいてきた。

瞬間、頭の中に映像が浮かぶ。

まるで巨大な蜥蜴《とかげ》のごとく四つん這いになった姿勢で院内の廊下を全力疾走してくる、
あの医者と看護師の姿。

それが脳裏にはっきりと浮かんだ。

とたんに恐ろしくなって、身体ががたがた震え始める。がたつく足をどうにか立たせ、
医者の名を叫んだことを後悔しながら、診察室の中をおろおろと右往左往し始める。

廊下に鳴り響く地響きのような轟音は、いつしかすぐそばまで迫りつつあった。

千奈さんは絶望と底知れない恐怖を感じて、狂ったように泣き叫んだ。

そこではっとなって、目が覚めた。

嗚咽《おえつ》混じりの絶叫をあげながらの、それは異様な目覚めだった。

心臓が早鐘を打ち、喉が干上がってからからになっていた。

水を飲もうと、ベッドサイドに置いてあるナイトスタンドに明かりを燈す。

目の前に白い布の壁がふたつ、ナイトスタンドの明かりにぼおっと浮かびあがった。

視線をあげると、枕元に先日の医者と看護師が並び立ち、千奈さんを見おろしていた。


たちまち背中を氷塊で殴りつけられるような衝撃を覚え、再び絶叫があがった。

「落ち着いてください」

医者の隣に立つ看護師が、人形のような面差しで静かに告げた。

反射的にベッドの向こう側にある壁まで飛び退き、ぴたりと背中を貼りつける。

全身に電流を浴びせられたかのように激しく震え慄き、抑えることができなかった。

「その後、どうですか?」

今度は医者のほうが口を開き、千奈さんの前にのったりと身を乗りだした。

薄い頭髪をオールバックに固めた頭。黒縁眼鏡に大きなマスク。

紛れもなく先日会った、あの医者だった。

「ちょっと失礼します」

言いながら、医者は白衣の胸ポケットから鉗子《かんし》とメスを取りだした。

メスを見た瞬間、殺されると思い、逃げだそうと試みたが、震える身体はがたがたと激しく慄くばかりで、まるで言うことを聞いてくれなかった。

「ちょっと冷やっとしますね」

医者の右手に握られた鉗子が、冷たい感触とともに口の中へ滑りこんでくる。

「力抜いてくださいね」

鉗子の先端が開き、ばかりと口が開いたが、怖くて抵抗することができなかった。

医者が口中を覗きこむ。黒縁眼鏡の奥でぎょろぎょろと丸い目玉が忙しなく動いた。

「うんうん、うん。……うーん」

口の中を覗きながら、大仰に顔をしかめて医者が首を捻る。

動くことも叫ぶこともできない千奈さんの目からは、ぼろぼろと涙が零《こぼ》れ始めていた。

「喉の奥に腫瘍があるようですね」

そう言って医者は、千奈さんの口中にメスを差し入れた。

「ほら、ここです」

メスの先端で、喉の奥の肉をちょんちょんと触る。千奈さんは気が狂いそうになった。

「悪性の腫瘍で、このままだと声が出なくなってしまいます」

メスの冷たい感触が喉奥に触れるたび、何度も吐きそうになった。

だが、もしも嘔吐《えず》いて喉が震えれば、メスの刃でずたずたにされてしまうことだろう。

そう思い、千奈さんは必死の思いで喉の震えを堪えた。

「早急に手術をする必要がありますので、来週の月曜、また来てください」

言い終えるや、医者はメスと鉗子を千奈さんの口から抜き、胸ポケットにしまった。

「じゃあ」

医者がくるりと踵を返して、背を向ける。すると隣に立っていた看護師が千奈さんの前へやってきて、左手でぐいと顎を掴むと、またぞろ無理やり口をこじ開けた。

「処置をしますので、じっとしていてください」

泣きわめく千奈さんの顔を押さえつけ、看護師は無表情のまま、脱脂綿のついた棒で千奈さんの喉奥をぐりぐりと執拗に撫でつけた。今度こそ、堪らずに嘔吐いてしまう。

「はい、おしまいです。やっぱり血が出ていましたね」

千奈さんの口から綿棒を抜きだし、看護師が鮮血でべっとりと染まった先端を見せた。

「それでは来週予約を取りましたので、忘れずに来てください」

言い終えると、看護師もくるりと踵を返し、千奈さんに背を向けた。

千奈さんが瞬きをする一瞬の間に、医者と看護師は目の前から姿を消した。

とたんに身体の自由が戻り、そのまま前のめりにベッドの上へと倒れこむ。

鳩尾《みぞおち》を殴られたような痛みが下腹部全体を覆い、胃が絞られたように激しく痛んだ。

嗚咽をあげ続けていると、口の中に違和感を覚えた。指を入れて検《あらた》めてみる。

唾液に鮮血が混じって、赤くなっていた。

ああ、夢じゃないんだ……。

たちまち心臓が張り裂けるほど、動悸が激しく乱れ始める。

手術。来週。月曜……。

殺される。半ば放心状態になりながらも自分が今、生命の危機に直面していることをありありと確信した。

再来

翌日。

出社した千奈さんは、藁にもすがる思いで、職場の同僚にこれまでの経緯を話した。

だが、薄々予期していたとおり、「夢でも見たんでしょう?」「疲れてるだけ」などと笑われるだけで、まともに取り合ってくれる者は誰ひとりとしていなかった。

帰宅後、就寝するのが恐ろしく、激しい不安と恐怖に怯えながらベッドに入った。

ただ、そんな生きた心地もしない懸念とは裏腹に金曜の夜も土曜の夜も、あの医者と看護師が再び枕元に立つことはなかった。

けれども、木曜の一件以来、まともに眠ることができなくなってしまった千奈さんは、週末に再び体調を崩し始め、土曜の夜からは高熱も出始めた。

翌朝、目覚めると体調はさらに悪化していて、発熱で身体の節々が痛んだ。

起きることさえ困難で、本当は一日ベッドに潜って休んでいたいところだったけれど、朦朧《もうろう》とした意識の中でさえ、木曜日の夜にあの医者が言った「月曜日」「手術」という二言が脳裏から離れず、強い不安に駆られた。

昼を過ぎる頃になると居ても立ってもいられず、ふらつく身体で近所の神社へ出かけ、ありったけの種類の御守りを買いこんで帰宅した。

気休めにぐらいにしかならないとは思ったが、バッグや財布の中にそれらを詰めこみ、残りを枕元に並べて置くと、少しだけ安心することができた。

その晩も医者と看護師は現れず、御守りの安心感もあったのか、数日ぶりにぐっすり眠ることができた。

翌朝。週明けの月曜日。

昨夜、あれほど休んだにもかかわらず、起床して熱を測ると、三十九度もあった。頭は熱した鉛を詰めこまれたかのように熱くて重だるく、まともに身体も動かせない。とても出社することなどできそうになく、会社へ休みの連絡を入れた。

薬を飲もうとしたが、病院からもらった風邪薬は昨夜の分でなくなっていた。

最初は、薬局に薬を買いにいこうと考えた。

しかし、己の体調を鑑みれば、とてもそんな状態でないことは明白だった。

病院に行きたい。

激しい頭痛と全身の倦怠感に、心は完全に折れてしまった。

朦朧とした意識のなか、おぼつかない手つきで準備を整え、自宅を出る。

「月曜日」「手術」という言葉が厭でも脳裏を掠めたが、あいにく千奈さんの自宅から気軽に向かえる病院は、先週受診した、あの総合病院しかない。

御守りも持ってきたし、きっと大丈夫。

自分に言い聞かせ、市バスに乗りこみ、総合病院へと向かった。

件の医者と看護師に対する恐怖がなかったのかといえば、そうではない。

もはや確信に近いくらい、〝行けば絶対に何かがある〟という、不吉な予感もあった。

だが、理性でそれを感知していても、身体はとうに限界を迎えていた。未知なる恐怖に対する警戒心よりも、肉体の治療と回復を最優先に選んでしまった。

しばらくバスの振動に揺られ、やがて総合病院の門前にバスが停まると、千奈さんはふらつく足取りでバスを降りた。

恐る恐る玄関をくぐると、予想していたような不穏な気配は、感じられなかった。

午前中の病院内は、先週訪れた夕暮れ時とは違い、待合ホールに大勢の患者たちがごった返し、彼らの交わす小さな声が、潮騒のようにささめいていた。

とても何かが出るような雰囲気ではない。

きっと大丈夫……。

ふらつきながらも受付に診察券をだすと、火照《ほて》る身体を長椅子に預け、自分の順番が訪れるのを静かに待った。

やがて千奈さんの名前が呼ばれ、内科で診察を受ける。

診察室のドアを開ける時、中にいるのがあの医者だったらどうしようとびくついたが、いたのは普通の若い医者だった。

診察後、会計を待つ間にトイレへ向かった。

無事に診察を終えられた安心感も手伝ってか、出かける前に比べると、気分も体調も幾分楽になってきていた。

トイレに入り、個室のドアを開け、中へ入る。

便座に腰をおろして顔をあげると、

千奈さんの両脇に、あの医者と看護師が立っていた。

落雷に打たれたようなショックが、全身を駆け巡る。

「それでは手術を始めますので、口を開いてください」

無機質な声でつぶやくなり、医者は胸ポケットから鉗子とメスを取りだした。

腰をあげて逃げだそうと試みたが、駄目だった。身体はもうすでにかたりとも動かず、声をだして助けを呼ぶことさえできなくなっていた。

「少し痛いと思いますが、我慢してください」

右手に持った鉗子で千奈さんの口をこじ開け、医者が口の中を覗きこむ。

どこか近くで、ぱん！　という乾いた音が木霊した。

先日の晩と同じく、まったく身動きのとれなくなった千奈さんは、ぼろぼろと大量の涙を流しながら、医者の一挙手一投足にひたすら怯えることしかできなかった。

「根元からこそげるように摘出しますので、かなりの出血があります」

医者が説明を始める傍ら、隣の看護師が千奈さんの口にチューブを突っこんだ。

再び近くで、ぱん！　と乾いた音が鳴り響く。

「ドレーンしながら切除していきますが、血はなるべく飲まないようにしてください」

言い終えると、医者は右手に持ったメスを口の中に滑りこませた。

恐怖と絶望に意識が乱れ、目の前が急激に暗くなってくる。

メスが口の中に入ると、またどこかでぱん！　と音が鳴り響いた。

「痛いですけど、我慢してくださいね」

ぱん！　ぱん！　ぱん！

立て続けに乾いた音が炸裂する。

これがテレビなんかでよく言っている、ラップ音とかいうやつなのかな……。

次第に霞み始める意識の中で、ぼんやりと無感動にそんなことを考える。

のっぺりとした意識の中、ふと眼前の医者の目に、視線が止まった。

分厚い黒縁眼鏡の奥の両目が、ぴくりとも動いていなかった。

え。と思って、傍らの看護師に視線を移す。

看護師もまるで時が止まったかのように、動かなくなっていた。

再び医者のほうへと視線を戻す。

指も、肩も、顔も、首も、眉も。やはり、時が凍りついたかのようにぴたりと固まり、医者もまったく動かなくなっていた。

何事が起きたのかと困惑するそばで、やおら「ぱん！」というあの音が、再び盛大に鳴り響いた。思わずびくりと仰け反った瞬間、身体の自由が利くことに気がつく。

同時に、目の前の医者と看護師の姿が煙のように掻き消える。

すかさず個室のドアを開けて飛びだした。

半ば朦朧《もうろう》としかけている意識と、ふらふらした足取りで何度も転びそうになりながら、どうにか待合ホールまで戻ると、ようやく口から安堵の息が漏れた。

本心では、一刻も早く病院から逃げだしたい心情だったが、まだ会計が済んでいない。やむなく再び長椅子に座って待つことにする。腰をおろしてまもなく、全身が冷や汗でしとどに濡れていることに気がつき、慌ててバッグからハンカチを取りだした。

そこで思わず、「あっ」と声をあげてしまった。

バッグの中に入れていた御守りが全て、包みの袋ごと粉々に破裂していた。

財布に入れていた分も検めると、こちらも全て粉々に砕け散っていた。

ぱん！　という、あの音の正体がすぐに分かった。

昼過ぎに病院から帰宅すると、枕元に置いてあった御守りもずたずたに切り裂かれ、千切りのようになった中身の御札が、ベッドサイドに散らばっていた。

その日のうちによろめく身体で再び神社を訪ね、砕けた御守りを奉納した。

代わりに新しい御守りを買って帰ったのだが、その後は御守りが破裂することもなく、懸念していたあの医者と看護師が再び現れることもなくなった。


それから数週間後。

千奈さんの声が急激に掠れ始めた。病院で検査を受けたところ、喉に声帯ポリープが確認され、手術の必要があると診断された。

手術は無事に終わり、今ではすっかり完治しているのだが、それでも千奈さんは時折、ふいに悩むことがあるという。

あの時、あの医者が「喉に腫瘍がある」と前もって教えてくれたのか。

それとも自分の喉にポリープを作っていったのか。

真相は闇の中だったが、それでも千奈さんはあの一件以来、二度と地元の総合病院に足を運ぶことはなくなった。

得体の知れない医者と看護師の素性もまったく分からないままだという。

抜け首

戸倉《とぐら》さんは中学時代、同級生からひどいイジメに遭ったことがある。

新学期に学級係を決めるホームルームの会議上で、たまたまクラスの不良グループと同じ係になってしまった。そこから最悪の縁が結ばれてしまったのだという。

初めのうちは、係の仕事をひとりで押しつけられるぐらいで事が済んでいた。だが、戸倉さんが何をされてもやり返せない性分と分かるや否や、いじめは瞬く間に激しさと陰湿さを増していった。

休み時間には〝戸倉強化道場〟と称して、殴られ蹴られる。

授業中は、エアガンで後頭部を狙撃され、放課後には〝熟女ハンター戸倉〟と称して、学校近くの田園地帯に連れだされ、農作業をしている中年女性や年配女性を片っ端からナンパすることを強要された。

一度だけ、担任にそれとなく相談したこともあった。だが、グループのリーダー格は成績がよく、担任からの信頼も篤い少年だった。

渋面を浮かべた担任からは、「単に遊んでいるだけだろう?」と断定され、挙げ句は「お前もあいつらみたいに、もっと積極的で前向きにならなければいかんぞ!」などと、まったく見当違いなアドバイスまで受ける始末だった。

担任の対応に失望した戸倉さんは、両親に相談する気力も薄れ、そのうちだんだんと自殺を考えるまでに追い詰められていった。

毎日帰宅すると夕ご飯もそこそこに自室へ引き篭もり、電気コードを使って結わえた首吊りの輪っかをカーテンレールに括りつける。学習机の椅子にあがり、電気コードを首にかけると、腰を落として首筋に重心を加える。

そうやってしばらくの間、意識が薄れる直前まで一心不乱に重力を加え続けるのだが、どうしても最後、足元の椅子を蹴り飛ばして宙吊りになるという段になると身体が竦み、自殺は毎回未遂に終わったそうである。

その後も学校でいじめられては、自室で首吊り未遂をおこなうという悪循環が続いた。悔しさと遣り切れなさで、毎日電気コードで首を絞めながら泣いた。

このままではそのうち、心が壊れる——。あいつらさえ、いなければ……。

暗い確信と絶望を抱きながら、それでも戸倉さんは為す術もなくイジメに耐え続けた。


そんな毎日がしばらく続いた頃。

ある時、戸倉さんはリーダー格の少年から、これまでにないほど凄惨な暴力を受けた。

「てめえ！　毎日毎日、うぜえんだよ！」「気持ち悪《わり》ぃ！　一体なんなんだよ！」などと叫びながら、彼はまるで何かにとり憑かれたかのように、戸倉さんを執拗に殴り続けた。

その常軌を逸した暴力の凄まじさは、仲間たちさえも蒼ざめ、彼を羽交い絞めにして止めに入るほどだった。

戸倉さん自身も、殺されるのではないかと本気で怯えた。今後もこんなひどい暴力を受け続けるのなら、本気で自殺しようとも考えた。ところが事実は逆だった。

この一件を境にして、リーダー格の態度は急激に軟化していった。

戸倉さんに仲間をけしかけて楽しむことがなくなり、暴力を振るうこともなくなった。のみならず、仲間たちが面白半分に手をあげたりしていると、以前とは打って変わって「やめろよ」などと、逆に制止することさえあった。

　また、それまでは休み時間のたびにあれやこれやとちょっかいをだしてきていたのが、日を追うごとにその回数も減り、一日の間に絡まれることが少なくなっていった。

　徐々にとはいえ、あまりにも露骨な彼らの豹変振りになんとも妙な感じはしたのだが、半面、学校にはすこぶる通いやすくなった。おのずと休み時間に級友たちと談笑したり、一緒に登下校する機会も増えていった。

　さらに日にちが経つと、不良グループはとうとう戸倉さんへのイジメ自体を一切やめ、逆に戸倉さんのことを露骨に避けるまでになった。

　それからさらに日にちが経つと、リーダー格の少年がしだいに学校を休みがちになり、最後にはまったく学校に来なくなってしまった。担任の口からは、病気を患って長期の療養が必要との説明が、簡素になされた。

　この時点でそれまでの戸倉さんの中学生活は、百八十度変わった。

　事情や経緯はどうであれ、いじめられることがなくなったことだけは事実である。

　戸倉さんはその後、部活動や学校行事、生徒会の仕事などに思う存分励むことができ、充実した学園生活を送りながら無事に中学を卒業したのだった。

それからさらに月日が流れた、数年後の冬。

高校卒業を間近に控えた戸倉さんの自宅に、一本の電話が入った。

電話の相手は、例の不良グループのリーダー格だった。

結局、彼はあの後も病欠を続け、卒業式にも出席しないまま、ひっそりと中学生活に幕をおろしていた。周囲で、彼のくわしいその後を知る者もいなかった。

今さらなんだろうと用件を尋ねてみると、彼は涙声で「もう十分反省してますから」「あれ、いつになったらやめてくれますか?」などと、要を得ないことを捲し立てた。

声も上擦って調子がおかしく、なんだか尋常ではない印象を受ける。

あまりに支離滅裂なことばかり話すので、「落ち着いて話して」と宥めすかした。

すると、彼は嗚咽混じりにこうつぶやいた。


「……あれからずっと、戸倉くんの首が出るんです」

彼の説明によると、中学時代のあの当時、戸倉さんを毎日いじめていたある時期から、彼の部屋に戸倉さんの生首だけが現れ、暴れ回るのだそうである。

始めの頃は、部屋の片隅や天井の端などに一瞬、ちらりと見えるだけの存在だった。

けれども彼自身が「こんなものは幻覚だ」と割り切ろうとすればするほど、日増しにその存在感を増していくようになったのだという。

「もうどうしようもなくなって、戸倉くんをボコボコにしたこともありましたよね……。あの時も本当にすみませんでした。反省してますから許してください……」

涙ながらに謝罪されるのも、戸倉さんは困惑する。にわかには信じ難い話だと思った。

それでも彼のほうは、一方的に話を続けた。

戸倉さんに暴行を加えたあと、件の生首は消えるどころか、ますますはっきりとした形で彼の前に現れるようになったという。

たとえば自室でくつろいでいる時、なんの前ぶれもなく肩の上にずどんと落ちてくる。

夜、寝ていると窓を突き抜けて、バスケットボールのように彼の部屋の壁に激突する。

就寝中に寝苦しくて目を覚ますと、腹の上でバウンドしながらこちらを睨んでいる。

こんなことが再三にわたって続いたらしい。

あまりにも恐ろしいので、とうとう当時の不良仲間に全てを打ち明け、家に泊まりに来てもらったこともあった。

その夜は首そのものこそ現れなかったが、部屋で眠った全員が凄まじい金縛りに遭い、夢の中で悪鬼のような形相をした戸倉さんに首を絞められたという。

首はその後もたびたび現れ続け、彼の神経を少しずつ蝕んでいった。

不眠状態が続いて、奇行も目立ち始めるようになった彼は、両親の判断で心療内科を受診することになり、長らく通院生活を続けながら現在に至るとのことだった。

最近は回数こそ減ってはきているが、首は未だに現れているそうで、心が休まらない。

こうなったら戸倉さんにきちんと謝罪をして許しを請うしかないと、彼は一念発起して電話をかけてきたのだそうである。

戸倉さん自身には、まったく身に覚えのない話だった。

頑と否定はしてみたものの、彼のほうは必死に声を振り絞り、「許してください！」と繰り返すばかりだった。

「もう怒っていないし、気にもしていないから楽になっていいんだよ」

仕方なく慰めの言葉をかけてあげると、彼は心底ほっとしたような声で何度も何度も「ありがとうございます！」と礼を述べ、ようやく電話を切った。

けれども結局、彼の声を聞いたのはそれが最後になってしまった。

それから数週間が経った頃。戸倉さんは、風の噂に彼が自殺したことを知った。
自室で首を吊り、息絶えていたそうである。

忘れ去りたい

「お祓いの力で記憶を消すことって、できませんか？」

数年前、小尾《おび》さんという三十代半ばの男性から、こんな依頼を受けたことがある。

残念ながら、私にそんな特異な力はない。

率直に答えを返すと小尾さんは肩を竦めたが、一体どんな記憶を消したいのですかと尋ねると、小尾さんは重苦しい口調で昔の話を語り始めた。

小尾さんが二十代後半の頃の話だという。

その頃、小尾さんは社労士の資格をとるため、会社勤めをしながら寝る間も惜しんで受験勉強に励んでいた。心身ともに過酷な日々が続いたものの、強い思いが功を奏し、モチベーションを崩すことなく、黙々と勉強に集中することができた。

月日はたちまち流れ、気づけば試験が実施される八月が目前に迫ってきた。

これまでの成果は我ながら上々。心地よい充実感とほどよい緊張感が胸中で相半ばし、いつでも試験に臨むことができそうだった。

確信めいた自信を抱けるようになると、気持ちに余裕もできてきた。来たる試験日に備えて、少しばかり息抜きでもしようかなと考える。

とはいえ油断は禁物。息抜きもそれなりに意義があることをしようと思い直した。

熟考の末、小尾さんが思いついたのは、受験合格祈願に出かけることだった。

ネットで調べてみると、最寄り駅から一時間ほど離れた観光地の只中に、受験合格にご利益があるという大きな神社があることが分かった。

週末の休みを利用して、さっそく現地へ向かう運びとなる。

お昼過ぎに電車へ乗りこみ、目的地へ到着したのは午後の一時半近く。地図を頼りに駅前の大通りを進んでいくと、ほどなく目的の神社が見えてきた。

鳥居をくぐって境内に入り、さっそく社務所を訪ねて係の者に声をかける。

ほどなく拝殿へ案内され、人当たりのよさそうな初老の宮司に受験合格祈願の祝詞《のりと》をあげてもらうことができた。

無事に祈祷を終えたのち、合格祈願の御守りも授与してもらい、上機嫌で拝殿を出る。夏場なのでまだ日は高く、周囲は大勢の参拝客でがやがやと賑わっていた。

小尾さんも人ごみに加わり、境内に軒を連ねる売店などを気の向くままに物色したり、神社の周辺に立ち並ぶ土産物屋を冷やかしたりして、盛夏の午後を楽しんだ。

ところが夢中になって歩き回っているうち、ふと気づくと観光地の中心部から離れた狭い小道を歩いていた。

周囲に人影はなく、道の両脇は鬱蒼《うっそう》とした雑木林に阻まれていて、見通しが利かない。路傍には、現在地を示す標識らしきものすら立っていなかった。

一体、どうやってこんなところに迷いこんでしまったのだろう。

記憶を手繰るようにして思いだそうとするが、成り行きはどうにも朧で思いだせない。

時計を見ると、いつのまにか午後の五時を過ぎようとしていた。

こんな時間になるまで、本当に自分は何をしていたのだろう。

再び思いだそうとしてみたが、それでも記憶は曖昧で思いだすことができなかった。

奇妙な胸騒ぎを覚えながらも、まずは駅まで戻らなければと思い、雑木林に挟まれた薄暗い小道を急ぎ足で進んでいく。

しばらく歩いていくと、やがてふいに道が途切れ、目の前に小さな赤い鳥居が現れた。鳥居の向こうには苔生した石段がまっすぐ上に向かって伸びている。

他に道はないかと視線を泳がせてみたが、道はやはり、鳥居を前にして終わっていた。鳥居の両脇も鬱蒼たる雑木林が緑の壁のごとく立ちはだかり、どこにも進めそうな道は見当たらない。

一瞬、引き返そうかと考えた。

だが、ここまでだいぶ歩いてもきていたので、ためらいも生じた。

もしかしたら、神社の裏手に抜け道でもあるかもしれない。

ままよと思って鳥居をくぐり、古びた石段を駆けるようにして上り始める。

石段を上りきると、せいぜい二十坪ほどの狭苦しい境内が視界の中に飛びこんできた。

境内の奥には小さなお堂が石造りの土台の上に載せられ、ちょこんと鎮座ましましている。

境内の中へ足を踏み入れ、さらにくわしく内部の様子を見ようと目を向けた時だった。

お堂の前の地面に屹立している物体に目が止まり、次の瞬間、ぎょっとなって目を瞠《みは》る。

学校の美術室に置かれているような白塗りの石膏像が、目の前にあった。

くるくると丸く縮れた髪型をした裸身の男性像で、全長は九十センチほど。

両肩の下から先と、大腿部の下半分から先がない造りだが、もしも両脚が存在すれば、ほとんど等身大のサイズである。

像の全身には真っ赤な塗料で、何やらびっしりと細かい文字が書かれていた。

一見すると漢字のように見えなくもないが、一文字たりとも判読することができない。仮に漢字だとすれば、小尾さんが一度も見たことがない特殊な漢字である。

身体中に文字を書きこまれた様相はまるで、紅白の耳なし芳一といったところだった。像には文字の他にもさらに、薄気味悪い加工が加えられていた。

真っ赤な文字と同じく、身体中の至るところに真っ赤な五寸釘が打たれている。

頭頂部、両目、うなじ、心臓、両肩、脇腹、へそ、股間、両腿の付け根――。

両目に打たれた釘は若干長く、巨大なナメクジを思わせる異様な面相になっていた。

眉間《みけん》を強張らせながら像の背後のお堂を見ると、こちらも普通の状態ではなかった。

屋根の上やら扉の前やら、至るところに真っ赤な蝋燭《ろうそく》がびっしりと立てられており、橙《だいだい》色の炎が風に煽《あお》られ、ぼうぼうと燃え盛っている。

なんだこれ……と思いながら、突かれたように数歩、後ずさった時だった。

お堂の陰から何かがすっと立ちあがり、こちらを向いた白い着物姿の女だった。

脂《あぶら》で強々《ごわごわ》と固まった長い黒髪が、つららのように顔の両脇から腹に向かって垂れ落ち、右へ左へばさばさと揺らめいている。

頭には二本の角のようなものがついた、褐色の冠を被っていた。

女は小尾さんと目が合うなり、こちらへ音もなく一直線に向かってきた。

それは稲妻のごとく一瞬の出来事だったが、小尾さんのほうも身体が勝手に動きだし、背後の石段に向かって瞬時に踵を返す姿勢をとり始めた。

ところが小尾さんの動きよりも女の動作のほうが一段速く、「あっ」と思った時には小尾さんの視界いっぱいに女の顔がでかでかと迫っていた。

顎の下から顔を迫りあげるような格好で、女が小尾さんの顔を覗きこむ。

女の両目は眼球全体が碁石のように真っ黒だったかと思うと、瞬時に黒目が収縮して今度は脂粒のような小さな瞳だけが中心に浮かぶ、ほとんど真っ白な目になる。

まるで頭のうしろ側から空気を入れたり抜かれたりしているかのように、女の黒目はめまぐるしい速さで膨れあがったり萎んだりを繰り返していた。

しきりに瞳を明滅させながら、今度は女の口がくわりと蛇のように大きく開く。

女の口中はお堂の蝋燭と同じく、目に沁みて痛いほど毒々しい赤に染まっていた。

そこで小尾さんはようやく大きな悲鳴をあげ、一目散に境内を飛びだした。

その後の記憶は再び定かでないそうだが、ふと気づくと小尾さんは観光地の駅前までどうにか戻っていたのだという。すでに周囲が暗くなる中、がたがた身を震わせながら帰りの電車に乗って帰宅したのだと語る。


「果たして、あの女が生身の人間だったのか、それとも化け物みたいな何かだったのか。今でも判断がつかないんですが、あの女の膨らんだり縮んだりする黒目の異様な動きが、未だに頭に焼きついて離れないんです。だからそれを忘れさせてもらいたくて……」

顔中にこれ以上はないというほど悲愴な皺《しわ》を浮かべながら、小尾さんは言った。

ちなみにその年の社労士資格試験は実力がまったくだせず、不合格に終わったという。

翌年も受験に臨んだものの、勉強をしていると例の女の顔が頭に浮かんで集中できず、再び不合格。その翌年も受験したが、結果は同じ。社労士の資格は、諦めたそうである。

社労士になる目標と見知らぬ神社で遭遇した女の目玉は、まるで質の悪い呪いのように自分の頭の中でひとつに縺《もつ》れて結びついてしまったようだと、小尾さんは語る。

件の神社に関しては、のちにネットの航空地図を使ってずいぶん調べてみたそうだが、いくら探せど、とうとう該当する場所は見つからなかったという。

あの夏、自分が体験したのは幻だったのか、現実だったのか——。

いずれにしても記憶は未だに生々しく残っているため、堪らなく辛くて苦しいのだと、切々とした表情で小尾さんは語った。

パジャマパーティー

二〇一六年、五月の連休明け。都内で出張相談の仕事をするため、上京した。

数日間の予定を組み、都内の喫茶店や依頼主の自宅などで相談事を伺うのである。

二月に一件ぐらいの割合ではあるものの、宮城の辺鄙《へんぴ》な田舎に構える私の仕事場には、都内を含む関東地方からもわざわざ相談客が訪れる。

相談客がひとりで訪ねてこられる場合はまだしも、夫婦や家族単位での訪問になると、問題になるのが交通費である。高速バスと在来線を使っても、訪問人数が複数になれば、相談料金の軽く数倍に及ぶ金額になってしまう。

それで相談客の抱える問題が即日解決されればまだよいのだが、相談内容によっては複数回にわたる面会が必要なケースもあるし、私のほうが相談客の自宅や仕事場などへ直接、出向かなければならない流れになる場合もある。

相談客はコスパが悪く、こちらは心苦しいということで、どうしたものかと考えた末、打開策として思い浮かんだのが、定期的な東京出張だった。

滞在する日程は、こちらが先に決めてしまうため、多少の不便はあるかもしれないが、複数人での面会を希望する相談客や、時間や交通費の都合で、宮城まで足を運びづらい相談客にとっては、利用しやすい相談形式なのではないかと考えた。

実際、自前の商用サイトで告知をすると、毎回それなりに予約が埋まってくれるので、こちらも赤字にならず、安定した業務をおこなうことができていた。

だが今回は珍しく、予約があまり入らず、時間を持て余す羽目になりそうだった。

いつもどおり、三日間のスケジュールを組んだのだが、初日の午前と午後に一件ずつ、新宿駅近辺の喫茶店で予約が入っているだけで、残り二日間の予約はゼロだった。

滞在中、仮にこのまま予約が入らなければ、往復分の交通費、宿泊費、食費にその他、諸々の出費で大赤字である。

なんとか予約が入ってくれますようにと心の中で祈りながら、初日の仕事を終えるも、やはり新規の予約は一件も入らず、不安な予感を抱きながら、その日は定宿にしている新宿区内のカプセルホテルで夜を明かした。

予感は的中し、翌日も予約は一件も入らなかった。

仕方なく、朝からネカフェにこもって原稿を書いたりしながら、黙々と時間を潰した。

外界から隔離された狭い個室の中に閉じ籠っていると、厭でも原稿に集中してしまい、はたと気づけば、そろそろ六時を回りそうな時間になっていた。

そういえば、昼には何も食べていない。

気づくとしだいに腹も減り始めてきた。

外に出れば飲食店はいくらでもあるのだが、何を食べようかと思案を巡らせていると、だいぶ前に知り合いに連れていってもらった、四谷の小さなラーメン屋を思いだした。

値段の割に美味いラーメンだったので、思いだすなり無性に食べたくなってくる。

時間はたっぷりあることだし、ならば少し足を延ばしてみようと思い、外へ出た。

地下鉄で四谷三丁目駅まで移動し、駅から少し歩いた距離にあるラーメン屋に入る。

目当てのラーメンを堪能して店を出ると、空はそろそろ陽が陰り始め、茹だるような蒸し暑さも少しだけ和らいできているように感じられた。

目的は果たしたし、あとは新宿へ戻ってもよいのだが、せっかく四谷まで来たのだし、少しぶらついていこうかと思いつく。

とはいえ大した土地勘があるわけでもなく、歩けそうな場所は決まっていた。

四谷は寺と墓の多い街である。以前、四谷で開かれた怪談関係の催しやテレビ番組に出演した時も、会場や撮影場所になったのは、境内に墓地がある寺ばかりだった。

寺の中はそれなりに歩き回ったことがあったが、墓地の中は一度も歩いたことがない。腹ごなしも兼ねて、夕闇迫る墓地の風情でも堪能しようかということになった。

大通りから一本曲がった細い路地へ入ると、墓地は路傍のそこかしこに広がっている。竹で編まれた背の低い塀から見える墓地が手頃そうな雰囲気だったので、入口を見つけ、中へと足を踏みこんでゆく。

黒い御影石でできた比較的新しめの墓石も目に入ったが、石造りの古びた墓石も多い墓地だった。二十坪ほどの狭い敷地の中に、無数の墓石がひしめくように並んでいる。墓と墓の間に延びる狭い道を進みながら、それらを一基一基眺めつつ、奥へ向かって進んでいった。

やがて入口から敷地の半分ほどまで進んだ頃だった。

墓地の奥のほうからふいに、人の声が聞こえてきた。

声は複数で、どうやら女性のもののようだった。いずれも楽しげな声を弾ませている。

何をしているのだろう、どんな人物なのだろうと少し気になり、声が聞こえるほうにそろそろとした足取りで進んでいく。

声の主は、墓地のいちばん奥にある、大小様々な地蔵がずらりと並び立った前にいた。姿を見た瞬間、興味を示してしまったことをほとほと後悔してしまう。

地蔵たちのすぐ前には、パジャマ姿の少女が四人、地面に円を描くように座っていた。歳はいずれも十四、五歳ほど。

花柄にハート柄、チェック柄、全体に猫の顔があしらわれた、可愛らしいパジャマに身を包んでいる。

少女たちは満面に笑みを浮かべながら、弾んだ声で言葉を交わし合っていた。

黄昏時の墓地の中にあって、それだけでもすでに異常窮まりない光景ではあるのだが、私の視線を釘付けにしたのは、少女たちの姿そのものよりも、彼女たちが片手で次々と地べたに叩きつけているものだった。

少女たちは、目の前に山積みにされた胎児とおぼしき物体を片手で次々掴みあげては、頭の上まで腕を振りかぶり、土肌の乾いた固い地面へ叩きつけるを繰り返していた。

叩きつけられた胎児はいずれもべしゃりと潰れて、平らになる。

平たくなった身体のあちこちからは、赤と白の混じった、どろりとした液体が流れて、乾いた地面に黒々と染みこんでいる。

これはまずいことになったと思い、少女たちの動向を探りながら静かに後ずさる。

だが、二、三歩さがったところへ少女たちが一切に顔をあげて、こちらを見た。

それまで浮かべていた無邪気な笑みが一転し、人形のように冷たく無機質な顔になる。

少女たちが膝を立たせ、こちらへ向かって身を乗りだしたのを見た瞬間、私は踵を返し、墓地から一目散に逃げだした。

背後では地べたを裸足で蹴りつける足音がつかのま続いていたが、振り返ることなく走り続け、まもなくどうにか墓地から飛びだすと、とたんにぴたりと止んだ。

恐る恐る振り返ってみると、墓地には誰の姿も見えず、橙色の西日に染まった墓石がひしめくように並びあっているだけだった。

思いつきで妙なことをするものではないなと猛省しながら、私は四谷をあとにした。

悪夢

げんなりした気持ちで七時半過ぎに新宿へ戻り、再びカプセルホテルにチェックイン。

早々と風呂を済ませて館内着に着替え、ラウンジで缶ビールやハイボールを呷りつつ、だらだらと過ごす。

時間はたちまち過ぎてゆき、気づけばいつしか十時を回っていた。

日中、ひたすら原稿を書き続けていたからだろう。十時を過ぎるとあくびが止まらず、視界が霞んでどうにもならなくなってきた。

明日も特に予定は入っていないが、早めに休んでしまうことにする。

ラウンジからエレベーターで宿泊フロアへ上り、狭苦しいカプセルの中に潜りこむと、私はすぐに深い眠りの中へ落ちていった。

だがそれは、ただの深い眠りに終わってくれなかった。

その晩、私はわけの分からない夢を見た。

夢の中で私は、どこともしれない森の中に延びる、湿った砂利道の上を歩いている。

道の両脇は、淡い緑に染まった樹々に鬱蒼《うっそう》と阻まれ、脇道らしきものは見当たらない。だから私は湿った砂利を踏み鳴らしながら、道の先へと向かって進むしかなかった。

しばらく道を進んでいくと、やがて前方に古びた屋敷が見えてくる。

屋敷は三階建てで、正面から見える上階の窓の大半には、木製の手摺りがついている。窓の上の庇と屋根に敷かれた瓦は、薄い茶色をしているが、元は赤か朱色だったのが退色して、薄く見えるだけかもしれない。

外壁は黒味を帯びた木板が主に使われ、一部には煤《すす》けた漆喰《しっくい》も使われている。

玄関口は建物正面の左端にあり、玄関口の上にも瓦が敷かれた大きな庇が乗っている。二階と三階の外壁は、一部が少し出っ張っていたり、逆にへこんでいたりと変則的な造りをしていて、さらに正面から見て二階の右側にはベランダのようなものもある。

全体的な造りに階数も含め、なんとなく旅館のような印象も受けるが、私の印象では富豪が独自の好みで建てた、御殿のように感じられた。

御殿を見あげながら突っ立っていると、やおら玄関戸が開いて、中から着物姿の女が数人出てきた。いずれも紫色の着物を着ていて、仲居のような雰囲気である。

女たちはこちらへ小走りに寄ってきて、多分、私に笑いかけながら両腕を引き始める。どうやら御殿の中へ私を招き入れようとしているらしい。

だが、私はそれを拒否して、女たちの腕を振りほどこうとする。

怖かったからである。

女たちには首がなかった。代わりにまるで血煙のような真っ赤な固まりが、襟の上で綿飴のごとくふわふわとした質感を帯びて揺らめいている。

その固まりの表側に笑みのような皺が浮かぶので、多分、私に笑いかけているのだと思うのである。そんな得体の知れない女たちに腕を引かれるのは嫌だったし、女たちが引きずりこもうとしている御殿の中へ入るのはもっと嫌だった。

だが、大した抵抗はできず、私は女たちに両腕を引かれて、御殿の中へと入ってゆく。

そこから場面が切り替わり、御殿の内部とおぼしき様々な光景が展開された。

夢の中であるがゆえ、記憶はひどく断片的で朧である。

だが、その断片的で朧な印象だけは、記憶に強く刻みこまれている。

たとえば板張りになった大広間、大勢の人々が酒を酌み交わしながら賑わう光景。たとえば裸電球がぶらさがる薄暗い廊下を、豪奢に着飾った人々が行き交う光景。たとえば広い和室に敷かれた布団の中、男女が淫靡《いんび》な雰囲気で言葉を交わす光景。大きな湯舟に浸かって笑う男女たち。座敷で躍る芸子風の女と、それを眺める男たち。怪しげな葉っぱを吹かしながら笑う男女。酒を呑みながらふしだらな行為に耽る男女。大きな丸窓がある洋間のシャンデリアに紐を括って、首からぶらさがる着物姿の男。そんな光景が次々と無作為に展開されていくのだが、いずれの場面に出てくる人物も、首から上は真っ赤な煙状の固まりで、顔がなかった。


狭いカプセルの中で目覚めると、寝汗をびっしょり掻いていた。

時計は午前三時過ぎを指している。久しぶりに見るひどい悪夢に動悸も乱れていた。

もう一度寝ようとしてみたが、動悸はなかなか治まらず、しだいにのども渇いてきた。

仕方なくカプセルを抜けだし、ジュースを買うためラウンジに降りる。

寝ぼけまなこを擦りつつ、自販機で買ったジュースを渇いたのどに流しこんでみたが、気分は一向に落ち着かず、そのうちしだいに目も冴えてくるようになってしまった。

首なし御殿　壱

その後も結局寝つかれず、気づけばラウンジで原稿を書き続ける羽目になっていた。

午前六時過ぎに自販機で菓子パンとジュースを買って、簡素な朝食を済ませる。

食後もあくびを噛み殺しながらノートPCに向かい、漫然と原稿を書き進めていく。

そうしてそろそろ、七時になろうとしていた頃だった。テーブルの傍らに置いていた携帯電話が鳴った。仕事かと思い、すかさず受話ボタンを押す。

「あ、よかった。つながった。ご無沙汰しております、小橋《こばし》です」

電話口の向こうから聞こえてくる女の声に、一瞬誰だろうと思ったが、寸秒間を置き、頭の中に声の主の顔が浮かんできた。たちまち厭な気分になってくる。

電話をよこしたのは小橋美琴《みこと》という、都内で霊能師をしている女である。歳は私より少し下だったはずだが、くわしくは知らない。

昨年の夏場、私は美琴に依頼された、厄介極まりない案件に半ば無理やり巻きこまれ、結果として大層ひどい目に遭わされていた。

初めに厄介事を持ちこんできた人間というのは、次にも装いを変えた別種の厄介事を持ちこんでくるものである。だからなるべく関わり合いになりたくなかった。

そもそも美琴は、いろいろと込み入った事情があって、昨年の十二月から台湾に渡り、長期休暇をしているはずである。まさか、台湾から電話をよこしているのかとも思った。

「まあね、確かに久しぶり。こんな朝早くに一体なんのご用でしょうか？　もしかして滞在中の台湾で何か、トラブルでも発生しましたかね？」

努めてそっけない声音を意識しながら尋ねてみる。

「いいえ、台湾からはとっくに帰国して、仕事に復帰しています。それよりも郷内さん。今、東京にいらっしゃっているんですよね？　急な話で本当に申しわけないんですけど、できれば今日一日、仕事をお願いしたいんです」

さらりと答えた美琴の言葉に、さっそく不穏な予感を覚え始め、うんざりしてくる。

やっぱりな。またぞろ何か、私をとんでもないことに巻きこむつもりでいるのだろう。

しかも台湾から戻ったということは、美琴は今、同じ都内にいるということである。

「ああ、こっちこそ本当に悪いんだけど、今日はもう、予約が全部埋まってしまってる。夜には高速バスで帰る予定なんで、ちょっと難しいかな？」

とっさに浮かんだ嘘をつき、回避しようと試みる。

しかし、そうは問屋が卸してくれなかった。

「あれ、そうなんですか？　今ちょうど、ホームページの予約表を見ているんですけど、今日は一件も予約が入ってないみたいですよ？　ちなみに昨日も」

嘘をつく前からバレていた。こんな嘘でも、バレると後ろめたい気分になってくる。

ネットで公開している出張用の予約表は、当然ながら昨日も今日も白紙のままである。

迂闊な返事をしてしまったものだと、我ながら呆れ返ってしまう。

正解は多分「仕事が入らなかったので、昨日のうちに宮城へ帰った」だったのだろう。

今さら思い浮かんだものの、すでに後の祭りだった。

「すみません。予定をちょっと、勘違いしておりました。確かに今日は空いているけど、仕事を引き受けるかどうかは別問題だね。今度は一体なんなんだ？」

「できれば今日これから、鎌倉まで一緒に行ってもらえませんか？」

鎌倉か。えらく遠いな。今度は何をやらされる羽目になるのだろう。

頭に浮かんでくるのは不穏な予感ばかりで、さっさと話を切りあげてしまいたかった。だが、それより先に美琴のほうが勝手に話を始めてしまい、通話を終えるタイミングを逃してしまう。

美琴の話によれば昨晩、夜中の三時過ぎに相談客から電話があったのだという。

四日前、出張相談に出向いた鎌倉の客で、夜中に自宅で幽霊を見たとのことだった。

「日本靖子《めもとやすこ》さんっていう五十代の方なんですけど、多分、四日前にわたしがおこなった対応が中途半端だったからだと思うんです」

困惑気味に美琴が言った。靖子はひどく怯えきっていて、今日すぐにでも美琴に再度、お祓いを依頼したいのだという。

「幽霊が出た原因というか、解決の手掛かりは、もうなんとなく分かっているんですが、できれば一緒に立ち会っていただいて、わたしがおこなう対応の確認と、もしも万が一、不測の自体が生じた場合に備えていただければと思いまして」

役割は分かったが、肝心な話の全容が見えてこない。それに加えて「万が一」という、含みを帯びた響きも引っかかった。

稼ぎがゼロで宮城へ帰るよりは、一件でも仕事があったほうがいいに決まっている。

だがこの場合、私の依頼主は日本靖子という女性ではなく、小橋美琴なのである。

以前の極めて厄介な案件を教訓とすれば、やはり用心しておくに越したことはない。

「一から順を追ってくわしい事情を聞かないことには、なんとも答えようがない」

私が言うと、美琴は「ざっと掻い摘んでですが」と前置きしたあと、話を始めた。

美琴の依頼主である靖子は、神奈川県で服飾関係の会社を経営している女性である。

彼女はひと月前、鎌倉の郊外に立つ大きな屋敷を買った。

築九十年余りの古い屋敷だそうだが、建物自体に大した傷みはなく、少し改装すれば問題なさそうな状態だった。靖子はこの屋敷を改装し、将来的にはゲストハウスとしてオープンさせる予定だった。

ところが屋敷を購入してまもなくから、たびたび悪夢にうなされるようになった。

首のない男とおぼしき人物が夢の中に現れ、首を絞められたり、追い回されたりする。

首のない男は、派手な刺繍の入ったセーターに白いスラックス姿で、胸元から腹にかけ、首から流れた真っ赤な鮮血で染まっている。

初めはただの夢だろうと割り切ったのだが、その後も同じような夢を繰り返し見続け、さすがに気味が悪くなってくる。

それはひとえに、原因がすぐに特定できたからということもある。

件の屋敷は、過去に殺人事件のあった場所なのだという。

屋敷は以前、暴力団関係者が所有しており、三十年ほど前に屋敷の中で、若い組員の男がひとり殺されている。靖子が調べたところ、これは間違いなく事実だった。

近隣住民らの噂では、男は風呂場で首を切り落とされて殺害されたとのことだったが、こちらはあくまで噂に過ぎず、真偽のほどは定かでなかった。

しかし、首のない男の夢を見たことで、一気に信憑性が高まってしまった。

事件から五年ほどして屋敷は売りにだされ、まもなく買い手がついたものの、わずか数年で再び売りにだされてしまい、その後は長らく地元の資産家が所有していた。

それを靖子が買い取ったのだが、まさかこんなことになるとは思いもよらず、早急な解決が必要となった。

そこで白羽の矢が立ったのが、美琴だったというわけである。

現地におもむいた美琴は、屋敷の中をひとしきり回り歩いて、しかるべき対応を施し、現場に立ち会った靖子と彼女の交際相手から礼を言われて帰ってきた。

これが四日前のことである。

「でも、今日になったら夜中に依頼主から電話が来て、今度は夢じゃなくて、目の前に首のない男が出たって言われたのか？」

「いえ、違うんです。男じゃなくて女なんです。それも三人出たって言われました」

夜中、靖子が寝室のベッドで眠っていると、枕元に妙な気配を感じて目が覚めた。まぶたを開けると枕元の両側に、イブニングドレスらしきものを纏った首のない女が三人、突っ立っていたのだという。女たちは、靖子が金切り声をあげて起きあがるなり、そのまま煙のように姿を消してしまったらしい。

「実はわたし、それについては心当たりがあるんです。ただ、確信が持てなかったのと、それなりに手のこんだ作業を要することでもあったので、そちらのほうは一切触れずに帰ってきてしまったんですね。今日はそっちのほうの対応をするつもりなんです」

「どんな対応をするつもりなんだ？」

「多分、供養かお祓いのどちらかになると思うんですが、そのためには家の中の一角を壊さなくちゃならないんです。壊すのは日本さんが業者の方を呼んでくれるそうなので、特に心配いりません。郷内さんにはその現場に立ち会っていただいて、壊した向こうに何があるのか、もしくは何がいるのかを一緒に見ていただきたいんです」

業者を呼んで、家の一部を壊すときたか。話がどんどん大きくなってくると思ったが、あえて口にはださず、自分に必要な確認事項だけ尋ねることにする。

「そのうえで、おたくの仕事の対応に間違いがないかどうか確認しつつ、もしも万が一、不測の自体が生じた場合には力を貸してほしいと。そういうことでしょうか?」

「そうです。急なお願いになって本当に申しわけないんですけど、いかがでしょうか?　実はちょっと厭な予感がするところもあって、ひとりでは少し不安な面もありまして」

しおらしい声で美琴は言ったが、図々しい話だと思った。

それにこちらの〝厭な予感〟も的中した。すでに概要だけでも厄介そうな案件である。美琴が直感で〝不安な面がある〟と思っているのなら、なおさらそんな気がしてくる。

すかさず「嫌だね」と答えようとしたところへ、美琴が「それに」と声をあげた。

「日本さんのほうには、すでに一応、郷内さんのご同伴の許可もいただいているんです。申しわけないとは思ったんですけど、日本さんに郷内さんの素性を簡単にご説明したら、郷内さんのこと、ご存じでしたよ?　お会いできたら光栄ですとおっしゃってました」

美琴の言葉に唖然となり、少しの間、声がのどに詰まって出なくなる。

そこへ美琴が、まるでとどめを刺すかのように言葉を続けた。

「ちなみに今日の出張料金は、わたしの分も加算して、郷内さんに全部お支払いします。こういう条件でどうでしょう？　なるべくわたしひとりの仕事で全部解決できるようにがんばりますから、今日一日、鎌倉まで付き合っていただけませんか？」

厭な予感も多分に覚えていたものの、ここまで畳み掛けられると、断るタイミングを完全に逸してしまった。ふたり分の出張料金を丸取り、ということでどうにか割り切り、私は美琴と一路、鎌倉へ向かう運びとなった。

首なし御殿　弐

それから急いで身支度を整え、八時過ぎにホテルを出た。

新宿駅近くの指定された待ち合わせ場所へ到着すると、三十分ほどで美琴が運転する軽自動車がやって来た。

「本当に急なお願いですみません。でも今日はよろしくお願いします」

助手席に乗りこんだ私に、美琴が言った。

肩口辺りで切り揃えた黒髪。小ぶりな面貌は、肌色が若干抜けて乳脂のように薄白く、どことなく腺病質《せんびょうしつ》そうな印象を感じさせる。顔にはまるで、鳩尾《みぞおち》を殴られたかのような苦しげな表情が浮かんでいる。

およそ八ヶ月ぶりに見る顔だったが、相変わらず暗いなあと思った。

「金に目が眩《くら》んだ。しょうがない。今日は一日、付き合うことにする」

私のだらけた返事に「ありがとうございます」と会釈すると、美琴は車を発進させた。

「それ、今日の資料です。よかったら目を通しておいてもらえると助かります」

ハンドルを握りながら美琴が、私の足元にあったバッグを示した。バッグの口からは、大きな茶封筒がはみだしている。開けると、大きく引き延ばされた写真が入っていた。

「これから向かう、日本さんの会社が買ったお屋敷の写真です」

美琴の声を聞きながら、漫然と写真を見つめたとたん、ぞっとなる。

それは昨夜、私が夢で見た、あの奇妙な造りをした御殿と寸分違わず同じものだった。

「確かに、いかにも何か出てきそうな薄気味悪い感じだな」

とっさに夢の話が口から飛びだしかけたが、代わりに適当な感想を述べた。

気味が悪いというよりは、怖かった。とても偶然などとは思えない。

やはり断っておけばよかった。漠然と思いはしたものの、美琴から電話が来る以前にあんな夢を見たということは、すでにこうした流れになる宿命だったのかもしれない。

重たい気分になりながら、他の資料も検め始める。

写真は他にも入っていた。外から撮影した玄関口や外壁、裏口らしき扉の写真を始め、内部を撮影したものも大量にある。その大半にも夢で見た記憶があった。

応接用の部屋らしき、板張りの広間、畳張りの茶室めいた雰囲気の部屋、広い座敷や厨房のような構えの台所など、一見しただけで普通の民家の造りでないことが分かる。

「大正時代の末期に建てられた屋敷なんだそうです。暴力団関係の人物が所有する前は、お金持ちのプライベートな保養施設みたいな目的で使われていたみたいですね」

美琴の説明を受けて、なるほどなと思う。夢で感じた屋敷の様子もそんな感じだった。やはり個人の邸宅ではなく、特定の目的をもって造られた施設だったわけだ。

「写真の中に廊下が写っているのが何枚かありますよね？　その中のいちばんサイズが小さいやつを見てください。先日、わたしが撮影してプリントアウトしたものです」

美琴が言った写真はすぐに見つかった。

屋敷の最上階に当たる、三階の西側に面した廊下なのだという。写真のまんなかには両脇を太い柱に挟まれた白い漆喰壁が、陽の光を照り返して眩く輝いている。

横幅はおそらく半間ほど。標準的な襖一枚分と同じ程度のサイズである。

「壁の両隣には広い座敷があるんですけど、どちの座敷もこの壁側に面した場所には、押入れとか床の間といった空間になるものがなくて、ただの壁なんです」

前方に視線を向けたまま、美琴が言った。

「でも、写真に写っている漆喰の壁の両脇には太い柱があるでしょう？　座敷と廊下を行ったり来たりしてふたつの座敷を隔てる壁の厚みを測ってみたんですけど、明らかに壁が厚すぎるんです。座敷の壁に当たる厚みは、柱の幅と同じ厚みで充分なんです」

「そして」と美琴はさらに言葉を続けた。

「三階の廊下で漆喰を使っている壁は、ここだけなんですよ。他は全部、古びた板張り。一階と二階にも漆喰の壁は何ヶ所かあるんですけど、ぱっと見比べただけで、明らかに壁の色が違うんです。三階のこの壁の白さだけが、他と比べて妙に新しいんですよね」

「なるほど。だからこの壁の向こうには、何か隠されてるものがあるって思ったわけか。本当にそうだったら名推理だな。よくぞ気がついたもんだ。面白い」

「茶化さないでくださいよ。別にわたしは探偵なんかじゃありませんし、鋭い洞察力も推理眼もありません。壁の造り自体に違和感を覚えて矛盾に気がつくことができたのは、その前に壁の向こう側から、得体の知れない気配を感じたからなんです」

　美琴が言うには、それは極めてかすかなものだったのだという。

　四日前、屋敷へおもむいてお祓いを開始する前、内部をひとしきり歩いてみた段階で、三階の廊下全体になんとも言えない、かすかな違和感を覚えていた。

だが、それよりもはるかに強い違和感を覚えたのは、一階にある風呂場のほうだった。言わずもがな、暴力団の組員が首を切り落とされて死んだとされる現場である。

「お風呂場に入って意識を集中させていくと、目本さんたちが夢に見続けているという、首のない男の姿が、頭の中にはっきりと思い浮かんできたんです。先にこっちのほうをなんとかしなくちゃいけないと判断したので、その場で魔祓いの儀式を執り行いました。一時間くらいだったかな？　かなり苦労させられましたけど、お風呂場から感じていた違和感はすっかり消えたので、まずは一安心だろうと思ったんです」

その後、全体の確認をするために再度、屋敷の中を歩き回ってみた。

ところが階段を上って三階の廊下に達すると、やはりかすかな違和感を覚えてしまう。原因を突き止めるために全体を隈なく探り回って、ようやく分かった違和感の発生源が、例の漆喰壁の向こうだったのだという。

「ただ、発生源が分かっても、本当にかすかな気配ぐらいしか感じられませんでしたし、それがいいものなのか悪いものなのかも、判断しかねてしまったんですよ。その一方で、首のない男性の件は、お祓いで解決したあとだったし、お祓いが終わって安心している目本さんをいたずらに不安がらせるのもどうかと思って、口を噤《つぐ》んだんですよね」

代わりに美琴はさりげない体を装って「参考資料に」と靖子に断り、自前のスマホで屋敷内の写真を撮らせてもらった。その中に漆喰壁の様子も収めて帰ってきたのである。

「壁の違和感の件は、夜中に日本さんから電話をいただいた時に初めて説明したんです。向こうからは『その時に言ってくれればよかったのに』ってぼやかれちゃいましたけど、でもこういうのって、なかなか口にだしづらい問題じゃないですか」

横目でこちらを見ながら、美琴が苦笑する。

確かに美琴の言うとおり、こうした用件はそれなりのデリカシーを要する問題である。人の目に視えざる事象を扱う本職が、「かすかな違和感」などという漠然とした感想を、具体的な対策も提示できない状態で依頼主に伝えるのは、決して好ましいことではない。提示の仕方を誤れば依頼主を不安がらせるだけになってしまうし、下手に提示すれば、霊感商法紛いの脅しとも取られてしまいかねないからである。

そうした観点から見れば、美琴が漆喰壁の件を靖子に伝えなかったのは、英断である。それに、酷な発想になってしまうかもしれないが、どの道、壁を壊す流れになるのなら、依頼主がそれを必要と判断しうる状況になってからのほうが、事を円滑に運びやすい。

斯様な意味でも、美琴は前回の出張時に口を噤んで正解だったと言える。

ただその正解と、私がそれに巻きこまれる羽目になったということは、別問題である。

「仕事を引き受けてから言うのもなんだけど、自分ひとりの手に負えないような案件は、なるべく手を引いたほうがいいんじゃないのか？　本職だからって、なんでもかんでも対応できるわけじゃないし、それはこっちだっておんなじだ。あんまり無理し過ぎると、そのうちどっかで取り返しのつかないことになるぞ？」

「まあ、おっしゃるとおりだと思います。去年も同じようなことを言われていますしね。でも今回の件は、どっちに転ぶのか分からない面もあるから、同伴をお願いしたんです。わたしが感じるかすかな気配の正体が、わたしひとりで対応できるものならいいですし、なるべくひとりで片がつけられるようにがんばります。でも万が一、壁の向こう側からわたしひとりで対応できないものが出てきてしまった場合、困るのはわたしじゃなくて、依頼主ってことになります。リスクの高い対応をしようとしていることは認めますけど、万全を期すために協力していただきたいんです。すみません」

「要するに俺は保険みたいなもんか？　大した仲でもないのに、ひどい話だな」

「そう言わないでくださいよ。だから報酬は総取りでいいって言っているんですから」

言葉を交わし終えると、私たちはふたりでほとんど同時にため息をついた。

首なし御殿　参

新宿を出ておよそ一時間半と少々。午前十時過ぎに鎌倉市内へ入った。

市内へ入ってさらに二十分ほど。

「もうそろそろ到着します」と美琴に言われてまもなく、視界前方に現れたものを見て、再び厭な心地になる。

車は郊外の鬱蒼とした森の中に延びる、砂利道の中へ入っていこうとしていた。

昨晩、夢の中で歩いたあの森と、こちらも寸分違わず同じものだった。

淡い緑に色づく森の中を五十メートルほど進んでいくと、目の前が開けて明るくなり、それなりに広々とした敷地の中央に、こちらも夢で見たのとまったく同じ、三階建ての大きな屋敷が立っていた。

私の感想では「御殿」と言ったほうがしっくりくる、豪奢《ごうしゃ》で奇妙な構えの建物である。

屋敷の正面には、すでに車が二台停まっていた。おそらく靖子と解体業者の車だろう。二台の車と並行させて、美琴が車を停める。

私たちが車から降りるのとほぼ同時に玄関戸が開いて、中から五十前半頃とおぼしき、スーツ姿の女性が出てきた。その隣には、四十代半ばぐらいの男が並んでついてくる。

「急なお願いになって大変申しわけありません。今日もよろしくお願いいたします」

スーツ姿の女性が、美琴へ深々と頭をさげる。

それから彼女はこちらを振り向くと、「郷内先生ですよね？」と微笑んだ。

「日本靖子と申します。本日は御多忙中のところ、突然のお願いだったにもかかわらず、ご足労いただきましてありがとうございます！　実は以前から先生の御本の大ファンで、もしもよければ、あとでサインをいただきたいのですが、よろしいでしょうか？」

柔和な笑みを浮かべながら丁重な挨拶をしてくれた靖子に、こちらも笑顔で応じるも、内心ではひどく気後れを感じてしまう。

多忙どころかこの三日間、一件も仕事が入らず暇を持て余していたし、美琴の依頼を引き受けて靖子の許へ参じたのも、単なる仕事欲しさである。

加えて作家としての素性もばれているとなれば、下手な結果にはできないなと思った。

「あ、紹介します。こちらはわたしの交際相手の石崎《いしざき》さんです。この屋敷、将来的にはゲストハウスにする予定なんですけど、その時には石崎さんが共同経営者ということで関わる予定なので、今回の件にも顔をださせていただいております」

靖子に紹介されると、石崎は人のよさそうな笑みを浮かべて「どうも」と会釈した。

頭を丸刈りにした、細身ながらもがっしりとした体格の男で、ジムかスポーツ関係の仕事でもしているのかと一瞬思ったが、すぐに違うだろうなと思い直した。

靖子の案内で中へ通され、玄関口をくぐって右手にある大きな広間へ入る。

内部もやはり、夢で見た光景と同じような気がする。

玄関を開けた三和土の先は、正面と右手に廊下が延びていて、正面側の廊下の右には、二階へ続く広い階段が延びている。

廊下も階段も、造りがゆったりとしていて広い。壁や柱の拵えも落ち着いて品がよく、その昔、金持ちの保養所として使われていたらしいという話もうなずける。

階段のすぐ脇に面した部屋へ通され、壁を壊す前にざっと話を聞くことになった。

部屋の床は板張りで、畳に換算すると二十畳ほどの広さがあった。調度品のたぐいは何もなく、がらんとしていたが、夢で見た大広間の雰囲気に部屋の様子はよく似ていた。

部屋のまんなかには靖子が持参したのだろう、折り畳み式の椅子とテーブルが置かれ、解体業者とおぼしき、作業服姿の男性がふたり座っていた。

ふたりに軽く会釈して、靖子にうながされるまま、美琴と並んで椅子に座る。

「どうでしょうか、この屋敷の雰囲気？　感じられるものがありましたら、ご遠慮なく言っていただけると助かります」

さっそく靖子に尋ねられるも、まさか即答で「実は昨夜、夢で見ました」とも言えず、「これからじっくり確認させていただきます」とだけ答えた。

あまり考えたくもないことだが、夢の話は今後の流れしだいで必要と判じられた時に開示すればよい。だから私は、美琴にも一切夢の話をしていなかった。

「昨晩、枕元に首のない女が三人、立っていたとお伺いしておりますが、その時に見た女の様子をくわしく聞かせていただけませんか？」

「三人とも肩と胸元の部分が大きく開いた、イブニングドレス風の服装をしていました。色は確か、赤と紫と紺色だったかな……。元々、怖い話は好きだったので、本だったり映画だったりで楽しんでいたんですけど、自分が当事者になっちゃうと嫌なものですね。昨夜は怖くて眠れず、石崎さんに来てもらって、朝までいてもらったんです」

靖子が言いながら石崎の顔を見ると、石崎は微笑んで「どうってことないからさ」と、靖子の手に自分の手を添えた。

「それで、なんとか少しずつ気持ちが落ち着いてきたんですけど、冷静になってくると、この間まで夢の中で見ていた首のない男と、枕元に立った首のない女たちとでは、同じ〝首がない〟といっても、様子はかなり違うということに思い至りました」

「どういうことでしょう?」

「昨夜、小橋さんに電話をした時は、まだかなり気が動転していたので、単に首のない女が出たっていう表現でお伝えしたんですけど、実は正確に表現すると、夢で見ていた男みたいに首が切られてなくなっている、というわけではないんですよ」

そこで靖子は一旦言葉を切り、それから言葉を続けてこう答えた。

「女たちの首から上、真っ赤な煙みたいなのがもやもやしていて、それがちょうど首の代わりにみたいになっていたんです。だから〝人としての首〟がないですよという意味で、〝首のない女たち〟って、小橋さんにお伝えしたんです」

今朝からぞっとさせられるのは、果たしてこれで何度目だろうか。

靖子が語る女たちの様子も、私が夢で見た屋敷の人物たちとまったく同じものだった。

即座に言葉を返せず、しどろもどろとしかけたところへ、代わりに美琴が口を開いた。

「正直なところ、今の段階ではその女たちの素性がどんなものなのかは分かりませんし、今日お願いしている、三階の壁の一部を取り壊していただいても、正体は何も分からず、事態が収拾するだけという結果になる可能性もあります。もちろん最善は尽くしますが、こんな条件でもご承諾いただけますでしょうか？」

少々自信なさげに語る美琴の様子に、ますます不安が募ってくる。

「大丈夫ですよ。原因や正体が分かることよりも、これ以上何も怖いことが起こらずに済むことのほうが、わたしの望みですから。今日はよろしくお願いします」

靖子の改めての合意を契機に、いよいよ問題である壁の前へと向かうことになった。

靖子と石崎を先頭に私と美琴、そのうしろをふたりの業者が続く形で部屋を出る。

業者は先に三階で準備をしながら待機してもらうことになり、私たちは靖子の提案で屋敷の各部屋を一階からひとしきり、見て回ることになった。

廊下の長さが物語るとおり、内部はそれなりの広さを誇っているのだが、かといってそれほど部屋数が多いというわけではなかった。代わりにひとつひとつの部屋が広々と造られているのである。

一階は、先ほどまで私たちがいた広間の他に、古びたバーカウンターがある大部屋と、年代物のカーペットが貼られっぱなしになっている洋間がふたつ。

他には、玄関から正面に延びる廊下を進んだ先に、部屋の中央に囲炉裏《いろり》が設えられた十二畳敷きの茶室、広々とした厨房、男女別に分かれたトイレ。

そして、首切り殺人の現場となった浴室で構成されていた。

すでにその大半は写真で見ていたし、夢でも見ていたので、奇矯な感慨を抱きながら、現物を再確認するような作業になった。

だが差し当たって、ざっと各所を回ってみる限りでは、特にこれといって厭な気配を感じたり、妙なものが視線に飛びこんでくることもなかった。

それは浴室も含めて同じである。

続いて二階へあがる。

こちらは洋間が二部屋と、十二畳敷きの和室が三部屋、これらに加えて一階の広間とほとんど同じ面積をした板張りの広間で構成されている。

二階も特段、不審な点は感じられず、靖子と石崎に案内されるまま、ほとんど惰性でふたりのあとをついて回るだけになった。

そして問題の三階である。

年季の入った階段を上りきると、まっすぐ伸びた廊下の先に業者が待機していた。

床と壁にはブルーシートが貼られ、すでに準備も整っているようだった。

近くに行って確認するまでもなく、彼らがいる場所に問題の漆喰壁があるのだろう。

厄介そうな壁に向かうより先に、三階の各部屋も一通り案内してもらうことにした。

和洋混合だった一、二階の構成とは様相が異なり、三階は全て和室で構成されていた。

部屋は全部で九つ。いずれも十二畳敷きで、部屋と廊下の間は障子戸で区切られている。

各部屋に、問題の壁に対して覚えたような違和感はなかった。

代わりに部屋を回って廊下を渡る際、隣り合った部屋同士の間がどうなっているのか、調べてみた。確かに美琴の語っていたとおり、部屋と部屋の間は、古びた板張りの壁で細くつながれていて、漆喰が使われている場所はどこにもなかった。

全ての部屋を見終わったところで、それにしてもこの屋敷は本当になんなのだろうと、首を捻らざるを得なかった。

金持ちの保養施設と言われれば、確かになるほどそうかと、納得できる構えではある。

だが、先んじてあんな夢を見ている手前、どうにも素直に受け取ることができない。

夢で見た印象では、単なる保養施設というよりは、賭博や売春、違法薬物を使ってのどんちゃん騒ぎなど、不穏当な目的で使われていたのではないかと思う。

あるいはそれは三十年ほど前、暴力団関係者が所有していた当時におこなわれていた光景なのかもしれないが、それもどうだろう。

元々の建物の造り自体からして、ただの保養所とは思えない雰囲気を醸しているし、古びた建材に染みついた臭いも吸いこんでみて、なんとなく健全な心地にはならない。

たかだか三、四十年では効かぬような、この建物が抱える疚《やま》しい記憶が、建材の隅々に染みこんで残留している。そんな印象をそこはかとなく感じた。

とはいえ、それはあくまでも私自身の印象に過ぎず、他には何が視えるでもなければ、聞こえてくるようなものもなかった。

それに加えて、本日の本題である三階に至っても、怪しげな気配を感じることがない。美琴が言っていた、かすかな違和感とやらが、私には皆目感じ取ることができなかった。

当の美琴自身はどうなのだろうと思い、横目でちらりと様子を覗いてみる。

美琴は眉間にうっすらと怪訝な皺を浮かべ、なんだかほんの少し焦っているというか、居心地の悪そうな雰囲気を醸しながら、私の隣を歩いていた。

「おい、大丈夫か？　具合でも悪いのか？」

私が声をかけると美琴は上目遣いでこちらを見やり、一層怪訝な色を浮かべてみせた。

「体調は大丈夫です。それより何か、この辺で感じるものはありませんか？」

「悪い。こっちは特に何もない。それよりも、やるんだったら手早く済ましてしまおう。今さら怖気づいたわけでもないんだろう？」

「分かりました。じゃあ、そろそろ始めさせてもらいましょうか」

言いながら美琴は細くため息をつき、前方を歩く靖子に寄っていって声をかけた。

ブルーシートの貼られた場所へと向かい、白い漆喰壁の前に立ってみる。

確かにここだけ漆喰壁になっているのはおかしいとは思ったが、壁の前に突っ立って神経を張り巡らせてみても、他と同様、やはり何かを感じることはない。

今さらながら、本当にこの壁をぶち破って大丈夫なのだろうかと不安になってきたが、そこへ業者のひとりが「始めます」と宣言したので、壁のうしろへ身を引いた。

業者が巨大な木槌を壁に向かって打ちつけると、あっというまに大きな穴が開いた。続けざまに木槌が振りおろされ、煙のように立ちこめ始めた埃とともに、たちまち壁が崩されていく。

壁が崩れていくにしたがい、徐々に向こう側が見え始めてきた。

真っ暗闇に覆われてはいたが、壁の向こうには空間が存在していることが確認できる。

やはり美琴の推測は正しかったのだと思い、思わず安堵の息が小さく漏れた。

まもなく壁が全て崩れ去り、陽の光に晒された向こう側の様子が露わになった。

壁の向こうは、奥行き三メートルほどの細長い空間になっていた。

床は埃が堆《うずたか》く積もっていたが、廊下と同じ板張りで、壁も廊下と同じ拵えである。

他には何もなかった。目の前にはただ、埃の堆積した細長い空間があるだけである。

私が何か言う前に、美琴のほうが先に口火を切った。

「嘘……絶対、何かあるって思っていたのに……」

ただでさえ薄白い顔色をさらに白くさせながら、美琴が私の顔を見る。

そこへ靖子が美琴に声をかけた。

「え。でも本当に何かはあったじゃないですか。これって一体、なんなんでしょうね？設計ミスか何かで塗りこめられてしまった廊下とかかな？」

靖子のほうは驚きながら壁の向こう側を凝然と見つめ、特段気を悪くすることもなく美琴に語りかけたが、美琴のほうは愕然とした顔で唇を噛みしめていた。

こちらも同業である。美琴が何を思っているのか、すぐに分かった。

わざわざ壁をぶち破って、向こう側を露呈させても、目の前には怪異の元凶はおろか、手がかりとなるものさえ存在しないのである。これは痛恨の判断ミスということになる。立場が逆なら、私も蒼ざめているところだろう。

「なんだよ、これ。壁を壊して向こうを見たいって言うから、俺はてっきり、死体でも出てくるのかと思ってたんだけど、出てきたのはただの廊下だったってオチですか？」

にやつきながらも呆れた調子で石崎が言った。

「何か感じるものなんかもないんですか？　昨夜電話で、かすかな違和感を覚えるっておっしゃっていたじゃないですか？　今はどんな感じなんです？」

「すみません。実は今日、改めて三階に上ってみたら、全然感じなくなっていたんです。でも、もしかしたら気配を隠してしまったんじゃないかとも考えたんです。壁を壊して向こう側を確認すれば正体が分かるだろうと思ったんですが、見当違いだったようです。やっぱり何も感じません。本当に申しわけありません……」

怯えた兎《うさぎ》のような素振りで、美琴は靖子に向かって頭をさげた。

確かに事実とはいえ、何もそこまで馬鹿正直に弁明しなくてもいいのにと、私は思う。

そこへまたもや石崎が、横から割って入るようにして口を挟んだ。

「いや、あのね。正直に事情を話してくれるのは評価しますけど、だからと言ったって、あなたの判断ミスは事実なんですよね？　無駄なことで業者を呼んで、壁壊しちゃって、割と結構な出費になると思うんですが、その辺はどういうふうにお考えなんです？」

ほら見ろ。さっそく足元を掬われた。

判断ミスだろうがなんだろうが、悪気があってやったことでないのなら、必要以上にへりくだることはないのだ。さもないと、こういうバカをつけあがらせる羽目になる。

「まあまあ、落ち着いてくださいよ。小橋さんはこう言っていますが、私のほうはまだ、仕事を終わらせたわけじゃない。もう少しくわしく、精査をさせてもらえませんかね？もしかしたら、壁を壊したことで何か進展が起こらないとも限らないですし」

石崎の態度にむかつきながらも、努めて朗らかな笑みを拵え、言葉を向ける。

「そうですよ、小橋さん。わたしは別に気を悪くしたりとかはしていませんし、解決を望む気持ちにも変わりはありません。内部をさらにいろいろと調べていただいたうえで、解決までお力添えをいただければと思います」

石崎の横柄な態度とは真逆に、靖子が落ち着いた声音で美琴に言った。

「そうですか。そう言っていただけるのでしたら、わたしのほうもありがたく思います。じゃあもう少し、がんばってみますね。なんとか解決の糸口を掴んでみます」

ようやく気を取り直し始めたのか、わずかながらも張りのある声で美琴が答えた。

「とりあえず、ちょっといいですか？」

言いながら美琴が、露になった壁の向こうを指差す。

「もしかしたら、中に入ってみれば何か感じるものが出てくるかもしれません。まずはそこから始めてみたいと思います」

靖子に承諾をもらうと美琴はうなずき、壁の向こうに向かって足を踏み入れた。

その時だった。

美琴の頭上で「がたり」と何か、固い物が落ちるか倒れるような音がしたかと思うと、続いて上から粒状になった木屑が、ぱらぱらと降り注ぎ始めた。それから「ごとり」と、さらに大きく不穏な音が、頭上で木霊する。

次の瞬間、業者が「戻って！」と怒鳴り、美琴が弾かれたかのように駆けだしたのとほぼ同時に、壁の向こうの天井板が崩落した。雷のような凄まじい轟音を響かせながら、壁の向こうがたちまち大量の埃で霞んで見えなくなる。

埃が引けて再び壁の向こうの様子が見えてくると、それは無残な有り様になっていた。細長い空間の上に張られた天井板が、ものの見事に一枚残らず剥がれ落ち、床の上に足の踏み場もないほど山積みになっている。

「もういい！　大人しくしてれば、次から次へとなんなんだ！　建物壊す気かよ！」

石崎が般若《はんにゃ》のような形相となって、美琴を怒鳴りつけた。

「すみません！　そんなつもりじゃなかったんですけど、本当にすみません！」

唇をわななかせながら、美琴が激しい勢いで何度も何度も頭をさげる。

「大丈夫か？」と私が問いかけても、美琴はすっかり取り乱してしまい、首をぶんぶん横に振るばかりでまるで要を得ない。これはもう駄目だなと判断する。

「日本さん、本当に申しわけない。肝心要の本人がこんな調子になってしまいましたし、これ以上の仕事の継続は厳しそうです。今日のところは帰らせてもらえませんか？」

私が提案すると、靖子はつかのま思案げな色を浮かべていたが、やがて気遣わしげな笑みをこちらに差し向け、「承知しました。それではまた改めてご連絡いたします」と答えてくれた。

美琴も特に異論はないようなので、これで退散することにする。

玄関を出たところで、靖子が今日の謝礼を差しだしてきたが、私も美琴も受け取らず、丁重に礼だけ述べて車に乗りこんだ。

気だるそうな面持ちで美琴が車を発進させる時に玄関口へと視線を向けると、靖子の隣に並んだ石崎が、人を小馬鹿にしたような薄笑いを浮かべてこちらを見ていた。

端からいけ好かない男だと思っていたが、本性がはっきり分かって胸が悪くなる。

御殿の敷地を抜けて、森の中の一本道を抜けると、美琴も少し気を取り直したようで、ようやく「今日はすみませんでした」と声を発した。

「別にいい。どうせ初めからろくなことにならないと思ってたし」

冗談めかして言ったつもりだったのだが、美琴の反応は思った以上に悪く、暗い声で「すみません」と繰り返しただけだった。

だが、それから五分ほどすると、ふいに美琴が「少し気分転換でもしませんか?」と言ってきた。

時間は午後一時半過ぎ。本音ではさっさと新宿へ戻りたかったが、バスは深夜発だし、実際は新宿へ戻ったところでネカフェで原稿を書くぐらいしかすることがない。

無下に断るのもどうかと思い、渋々ながらも美琴の提案に付き合うことにした。

首なし御殿　肆

鎌倉の街中を走りながら、美琴に「お昼、食べていきませんか?」と言われたものの、特に腹は減っていなかった。

それに加えて私は昔から、慣れない相手を前に食事をするのが、大の苦手でもあった。気兼ねなく食事を共にできるのは、妻と家族と、一部の親しい友人ぐらいのものである。

「腹は減ってない」とだけ答えると、美琴も「実はわたしもです」と答えた。

結局、適当な喫茶店を見つけてコーヒーを飲むことになる。

店に入ってメニューを見始めると、美琴は「ああ、これなら食べられそう」と言って、白玉あんみつを指差した。

「郷内さんも食べませんか?」と言われたが、「いらない」と言って断った。

だが、美琴はコーヒーと一緒に、私の分の白玉あんみつも勝手に注文してしまった。

「まあ、長年やってれば、いろいろあるさ。あんまり落ちこまないほうがいい」

「自分でもそう思うようにがんばってますけど、やっぱりなんか、腑に落ちなくて」

物憂げな視線をテーブルに向けながら、美琴が言った。

「郷内さんはあの屋敷で、本当に何も感じなかったんですよね？」

「気味が悪い屋敷だなとは、ずっと思ってたけど、他には特に何も感じなかった」

「そうなんですよね。わたしも今日は、本当に何も感じなくて、壁を壊すぎりぎりまで実は物凄くためらってしまったんです。やっぱりやめとけばよかった……」

「でも実際に前回、屋敷に行った時には確かに感じてたんだろう？」

「はい。それは絶対に間違いありません。でも、自分の感性を過信し過ぎたみたいです。今はすごく自省しているところです」

根が真面目なのはよく分かるが、本当に暗いなあ、こいつ。

思っていたところへ飲みたかったコーヒーと、余計な白玉あんみつが運ばれてきた。

暗い顔をしながら、美琴が白玉あんみつを食べ始める。

「美味しいですよ、これ。この辺の名物みたいです。一口だけでも食べてみません？」

暗い顔をしながら、美琴が私に白玉あんみつを勧める。

仕方なく、私も暗い顔をしながら、白玉をスプーンでひとつ掬って口に運んだ。

「どうです？　美味しいですよね？」

「ああ、うまくて頬っぺが落ちそう。宮城で食べる白玉より一・〇二倍ぐらいうまい」

「誤差の範囲じゃないですか」

鼻を鳴らしながら美琴が一層、顔に暗い色を浮かべた。

「……責任逃れをするわけじゃないんですけど、おかしくないですか、あの天井」

美琴の言葉に、私もうなずく。

確かに古い建物だし、壁を取り壊す際に強い衝撃も加わっている。それは事実である。だがそれにしても、たかだか一歩、中に足を踏み入れただけで、あれほど見事なまでに天井が崩落するなど、有り得るだろうか。

しかも、床板が抜け落ちるならまだしも、崩れ落ちたのはどういうわけか天井である。私も信じられない気持ちではあったのだ。

もしかしたら、美琴が覚え続けていた違和感の正体は、あの崩落した天井の上にこそあったのかもしれない。あの時、石崎が怒声を張りあげ、美琴を怯えさせていなければ、確かめることもできたのだろうが、今さら後の祭りというものだった。

その後は特に語ることもなく、無為に時間が過ぎていった。私はコーヒーを飲み干し、美琴もコーヒーと白玉あんみつを片づけた。残っているのは、私が一粒だけ口に運んだ白玉あんみつだけである。

時間も三時を過ぎていた。「そろそろ帰ろうか?」と美琴に言うと、うなずいたので、会計を済ませて店を出る。そこへ美琴のスマホが鳴った。

通話が始まってまもなく、美琴の顔がみるみる険しくなって、声色も張り詰めてゆく。ひとしきり電話の相手と受け答えを繰り返したあと、美琴が私の顔を見た。

「郷内さん、ごめんなさい。もう一回、あの屋敷に一緒に行ってもらえませんか?」

「何があった?」

「電話の相手、日本さんですけど、わたしたちが帰って少し経ってから、屋敷の様子がおかしくなったって言うんです。できれば確認しに来てほしいって」

どう答えるべきかと、つかのまためらったが、結局「分かった」と答えた。

大した時間を置かず、こうしてまた、屋敷に呼び戻される流れになってしまったこと。

それに加えて、たまさか私と美琴が、鎌倉市内にまだいるということ。

夢の件といい、いよいよもって必然のように感じられて仕方なかった。

私の同意に美琴は礼を述べ、電話口の靖子にこれからすぐに向かう旨を手短に伝えて、通話を終えた。ふたりで慌ただしく、車に乗りこむ。

車を道にだしながら美琴が語るには、私たちが屋敷を辞して一時間ほど経った頃から、屋敷の中の空気が異様なまでに重苦しくなり、そこかしこから人の気配を感じるようになったのだという。

「空気は重苦しいと感じるだけだし、気配もあくまで気配であって、姿が目に見えたり、音が聞こえてくるわけではないそうです。でも、素人の自分でさえも明らかにおかしい、何か絶対に異変が起きているって分かるくらい、それがはっきりと感じられるんだって、日本さん、言ってました」

なるほど。とりあえず、何がしかの変化があったということだけはよく分かった。

だが、原因はなんだろう。やはり三階の壁をぶち抜いたからだろうか？

だとすれば、再び壊した壁の前まで行ってみれば、今度こそ何か分かるかもしれない。

「原因、なんだと思います？　何か思い浮かぶことがあれば、教えてもらえませんか」

思案を巡らすさなか、美琴が尋ねてきた。

ここまで付き合わされてしまうのである。そろそろ話しておくべきだろうと判じた。

それなりに逡巡したが、昨夜見た夢の件を一から順を追って、美琴に全て打ち明けた。

「ひどい……どうしてそういう大事なこと、先に話してくれないかな」

案の定、返ってきたのは、露骨に非難がましい視線と、刺し貫くような鋭い声だった。

「タイミングを逃した。プラス、別に話さなくたって、解決しさえすればいいんだから、話す必要がなければ話さなくてもいいやと思ってた」

「言い訳ですよ、そんなの。でも、大きな手掛かりになると思います。靖子さんの前に現れた、首の上が血煙みたいになっている女、郷内さんも夢の中で同じような人たちを、それも屋敷の中を舞台に見ているんですよね？　だったらやっぱり、あの屋敷の中には、首を切られて死んだ暴力団員以外の、隠された何かがあるんだと思います」

美琴に言われるよりもずっと先に、そうではないかと思ってはいた。

だが先ほど、屋敷を実際に歩き回った際には、何も感じるものなどなかったのである。裏付けとなるものが見いだせなければ、なんらの対応もしようがない。

しかし、おそらく今は違う。

靖子が怯えて連絡をよこしてくるほど、屋敷の雰囲気が変わってしまった今であれば、何かがきっと分かるような気がしていた。

十五分ほどで郊外までたどり着き、屋敷の前に延びる森の道へと至った。

森を抜けて屋敷が見えてきたとたん、すかさず視界が異変を捉えてぎょっとなる。

異変は屋敷の屋根、まんなか辺りの空気が、もやもやと陽炎のように揺らめいていた。

目の錯覚などではない。色こそついていないものの、それはまるで夢の中で垣間見た、首から上が煙のように揺らめく人物たちのそれと、同じ印象を抱かせるものだった。

ただ、ひどく巨大なだけである。

なんだか屋敷の屋根に、視えざる首が生えてきたかのような印象も抱かせた。

屋敷の前には、靖子と石崎が所在なげに佇んでいた。美琴が車を停めるなり、靖子が急ぎ足で近づいてくる。

「怖くてとても中にいられなくて、外で待っていたんです。大変申し訳ないんですけど、先に中へ入って様子を確認していただけませんか？」

すっかり蒼ざめた靖子にうながされるまま、美琴と並んで玄関戸を開ける。

まるで別の屋敷だった。

玄関口から見える中の様子は、明度と彩度を失い、墨を噴いたように薄暗く感じられ、空気もこちらへ圧し掛かってくるかのように重苦しい。

美琴に「分かるか？」と尋ねると、無言でうなずいた。こちらも顔が蒼ざめている。

靴を脱いであがり、廊下を少し歩いてみる。

重たい空気がざわざわと波打つように肌身に感じられ、確かに靖子が証言したとおり、屋敷の内部のそこかしこから、得体の知れない気配を感じる。

たとえば廊下の角を曲がった先。たとえば、ドアや障子戸に閉ざされた部屋の向こう。いずれもこちらが即座に確認できない場所から、それは強い実在性を帯びて感じられた。

気配を感じる場所へ駆けこんでいけば、夢の中で見た、首から上が煙のごとく揺らめくあの連中たちが、待ち構えているのではないかと感じる。

だが差し当たって、視えざる異様な気配たちは、こちら側へ率先して姿を見せる気はないようにも感じられた。ならば、あえて藪蛇《やぶへび》などやらかさず、気配の一切を消し去る手段を探り当てるほうが先決と思いなす。

美琴も同意してくれたので、まずはここまでに至るくわしい経緯を伺うため、靖子と石崎にも中へ入ってもらうことにした。

怯えきった靖子には「本当に大丈夫なんですか？」とかなり尻込みされてしまったが、何かあれば即座に対応すると約束し、一階の大広間で話を聞くことにする。

屋敷の中で異変が起こり始めたのは、二時半頃。三階の解体した壁と崩落した天井の片づけを終えた業者が帰って、靖子と石崎がこの部屋で話をしていた時だという。

「本当に突然、空気がずんと重苦しくなって、空気の異変に気づいてびくついていたら、今度は屋敷のあちこちから、人の気配を感じるようになってきたんです」

初めは自分の気の迷いではないかと思い、堪えていたが、しだいにそんな誤魔化しが通用しなくなるほど、空気が露骨なまでに身体へ圧《の》し掛かってくる様をはっきりと覚え、周囲に感じる気配もしだいに強くなっていくばかりだった。

口にだすことすら怖くて堪えていたのだが、とうとう堪えきれなくなり、事の次第を石崎に打ち明けると、なんと石崎のほうもまったく同じ変化を感じていたのだという。

それですぐに美琴へ連絡をとろうという運びになった。

私たちが屋敷を辞去して、その時すでに一時間半以上。とっくに都内へ戻っていると思い、早急な対応は難しいだろうと半ば諦めていたという。

だが、運よく市内にまだいることが分かり、心底安心したとのことだった。

「ちなみに何か、心当たりになるようなことってありませんか？」

美琴が尋ねると、靖子が答える前にまたぞろ石崎が割りこんできた。

「壁を壊したからじゃないですかね？　この数時間のうちに変わったことって言ったら、他に何もないじゃないですか。あなたは『何も感じなくなった』と言ってましたけど、実はその判断も誤りだったってことじゃないんですか？」

声音は穏やかさを装っていたが、その端々には嫌ったらしい恫喝の色が滲んでいた。

この後に大仕事が控えているかもしれないというのに、再び美琴に萎縮されても困る。ここらでひとつ、こちらも軽く牽制しておくことにする。

「さあ、それはどうでしょうね。時間差でこんな異変が起きてしまったという可能性も確かになくはないかと思います。けど、それを判断するのは右も左も分からないような素人じゃない。本職である我々の領分だ。こっちで判断させてもらえませんかね？」

努めて柔和な笑みを保ちながらも、石崎の目をじっと見つめて言ってやる。

「素人ですか。ずいぶんですね？　ちょっと上から物を言おうとしていませんか？」

「別にそんな気はありませんよ？　あなたが勝手に受け取る分には仕方ありませんけど。我々に因縁をつけるために呼びつけたんじゃないんなら、普通に仕事をさせてください。あなたは差し当たって、我々が必要と判断することに答えてくれさえすればいい」

今度は少し笑みを薄めて、石崎の目をさらにまっすぐ覗きこみながら言ってやる。

「そうですか。じゃあ、そうさせてもらいますよ。いい結果を期待しています」

ふてくされたようにつぶやき、石崎が顔を背けて部屋の虚空に視線を投げた。

「ありがとうございます」と、心にもない礼を述べ、今度は靖子のほうへ向き直る。

「それで、さっき小橋が訊いた『心当たり』の件なんですけど、何かありませんかね？ 思いだせる範囲で結構ですので、教えていただければありがたいです」

「本当に特に変わったことをした覚えはないんですけど、まあ、強いて言うんでしたら、恥ずかしい話なんですが、わたしたちさっきまで、仕事の話で少し揉めていたんです」

困惑気味に答えた靖子の言葉に、ふうんと思う。

「立ち入ったことをお聞きするようで恐縮ですが、どんな話だったんでしょう？」

「だから仕事の話だって。今後の経営方針とか、いろいろですよ。大事な話になるんで、くわしくは答えられないし、本筋とは全然関係ないことだと思いますけど？」

「黙れ、ボケ」と心の中で思いながら、石崎に笑いかけると、靖子が再び口を開いた。

「この屋敷、すでにご説明していると思うんですが、将来的にはゲストハウスとして運営する方針なんです。でもさっき、石崎さんのほうから『少し方針を変えたい』って話があって、それにわたしが反発する流れになってしまったんですね」

傍らで「そんなのは、話さなくてたっていいんだよ」とぼやく石崎の言葉を無視して、靖子がさらに話を続ける。

石崎はゲストハウスなどより、会員制のクラブのようなものを運営したいのだという。元々この屋敷は、金持ちの保養施設として建てられた歴史ある建物なのだし、下手にゲストハウスなどに改装して風格を落とすのは、もったいない。

利用する客を選んでハイレベルなサービスを提供していくほうが、はるかに儲かるし、息の長いビジネスになるのではないかという。

「わたしとしては、たとえば若い年代の旅行者だったり、外国からの観光客だったりが、気軽に利用してもらえるような施設にしたいなと思って、この屋敷を購入したんですね。石崎さんも『一緒に夢を応援する』ということで、いろいろ相談に乗ってもらいながら、どうにかここまで漕ぎ着けたんですけど、ここに至って急に方向転換したいと言われて、それでちょっと言い争ってしまったんです」

軽くため息をつきながら、靖子が言った。

異変が起きたのは、そんな話をしているさなかだったのだという。

「関係あるんでしょうか？」という靖子の問いに、私は曖昧な答えを返すにとどめた。

「流れは分かりました。ありがとうございます。それで、これからの方針なんですけど、もう一度三階にあがって、壁を壊した先にあるものを確認させてもらいたいと思います。よろしいでしょうか？」

申し出ると靖子は、即座に「大丈夫です」と答えた。

崩れた天井板は業者が片づけてくれたのだが、壁自体はまだ塞いでいないという。

美琴に目配せをして立ちあがると、さっそく部屋を抜けだし、階段へ向かった。

先ほどとは逆に、私と美琴が並んで先頭を歩き、そのうしろに靖子と石崎が続く。

階段を上って二階に達しても、漂う空気の重さと、得体の知れない気配は同じだった。

まだ陽は高く、窓からは燦々と日光が降り注いでいると言うのに、視界も異様に薄暗い。

三階へあがる。こちらも下の階とまったく同じ様相を呈していた。

階段をあがった真正面に位置する、打ち抜かれた壁の周囲には、まだブルーシートが貼られたままになっていた。靖子に尋ねると、後日、天井板を塞ぐ際に備えて、業者がそのままにしていったのだという。

「問題ありますか？」と訊かれたが、「多分、大丈夫でしょう」と答え、取り払われた壁の前へと至る。

靖子の言葉どおり、壁の向こうの細長い空間は、あれだけ床に散在していた天井板がひとつ残らず片づけられ、堆く積もっていた埃も一緒に、だいぶ取り払われていた。

中に入って、がら空きになった天井を見あげてみる。

暗闇の中に太い梁が交差しながら張り巡らされているのが、うっすらだが確認できる。他には特に何も見えない。

ただ〝見えない〟ということが、むしろ本題というか、核心であるような気がした。

「今度は何か感じますか?」という美琴の言葉を制して、うしろへさがるように伝える。

ふたりで壁があった場所の前まで戻り、もう一度、細長い空間を観察してみる。

「なんのために造られた空間だと思う?」

「いえ、分からないです。やっぱりここでは、何も感じてくるものはありませんし」

「感じる感じないの問題じゃない。想像力と洞察力の問題だな。よく見てみれば分かる。ここには昔、階段があった」

私が言うと、美琴を始め、背後にいる靖子と石崎も驚きの声をあげた。

「横幅も奥行きも、他の階段とちょうど同じぐらいの尺がある。だから昔はこの場所に、四階に続く階段が延びていたんだと思う」

美琴には「想像力と洞察力の問題」と言ったが、厳密には他にもうひとつ、私たちがなんとなく有する、特殊な感性が大きなヒントを与えてくれていた。

先ほど屋敷へ到着した際に見えた、屋根の上がもやもやと陽炎のように揺らめく光景。大きさは屋根の横幅三分の一ほどで、まるで視えざる四階部分が、揺らいだ空気の中に当て嵌まるように感じられた。

夢の中で垣間見た人物たちと同じである。この屋敷そのものも首から上がなくなって、代わりに首があった場所の空気を、陽炎のごとく揺らめかせているのである。

共通項を見いだすと、それは事実としてすんなり受け容れることができた。

加えてもう一点。夢の中で見た屋敷の中にはあったはずなのに、実際の屋敷の中では見つからなかった部屋がある。

大きな丸窓がある洋間である。

洋間にはシャンデリアがあり、それに紐を括って、首をぶらさげている着物姿の男を私は夢の中で見ている。だがそんな部屋は、実際の屋敷の中に存在しなかった。

いくら夢での話とはいえ、他の部屋は全て存在していたというのに、この部屋だけが見つからないというのは、道理としておかしい。

推察として思い浮かんだのが、丸窓のある洋間は、かつてこの屋敷に存在していたが、今はもうないのだということだった。

では、存在を抹消されてしまったこの部屋は、屋敷のどこにあったのだろう。

答えは今、私たちの目の前にある細長い空間の真上。取り除かれた階段の先にあった、四階部分ということになる。

美琴を含む一同に、ざっと掻い摘んで説明したが、異論を挟む者は誰もいなかった。我ながら、多分に現実離れした推察だとは思ったものの、道理に照らし合わせてみれば、自分でも疑いようがないほど、目の前に広がる奇矯な空間に説得力が帯びていた。

あとはこの目で頭上の実態を確かめ、どのような対応をとるか決めるだけである。

梯子と懐中電灯が必要だった。「ありませんか?」と靖子に尋ねると、幸いなことにどちらも屋敷内に常備しているという。さっそく持ってきてもらう。

石崎が階下から抱えてきた梯子を受け取り、がら空きになった天井の縁へ立てかける。

「どうする。一緒に上ってみるか?」

美琴に声をかけると、「当然です。わたしの仕事ですから」と答えた。

石崎から懐中電灯も受け取り、私を先頭に梯子を慎重に上り始める。

半分ほど上ったところで、頭が天井裏に達したので懐中電灯の光をかざしてみる。

ぱっと見ただけで、やはりなと思った。

屋根裏に張り巡らされている棟木と梁は、この天井付近だけが、あからさまに新しい。遠くのほうをかざして見える建材の様子は、いかにも古びて黒ずんでいるうえ、材質も若干、異なるように見える。

天井付近の棟木と梁は、素人目にも、あとから造り足されたものにしか見えなかった。

梯子を完全に上りきって、天井板の上に乗る。あとから上ってきた美琴の手を掴んで引きあげ、様子を説明する。美琴も周囲を見回し、すぐに状況を把握した。

そのうえで「何か感じるものはないか？」と尋ねてみる。

「感じます。今度は大丈夫。本当にかすかだけど、誰かが息を潜めて隠れているような厭な気配を感じます」

同感である。それも割と、すぐそばにいる。

おそらくは、かつて四階部分があった空間のどこか。そこでそいつはこちらの様子を息を潜めて気配を押し殺し、黙ってじっと見つめている。

かすかながらも、私もそんな気配を感じていた。

「どうする？」と尋ねると、「ここで魔祓いの祝詞《のりと》をあげてみようと思います」と美琴。

「分かった」と返して、祝詞を始め、美琴の商売道具一式が収められている鞄を取りに、一旦ひとりで下へ戻る。

梯子をおりて壁の内側だった場所まで戻ってくると、靖子と石崎が先刻よりもさらに蒼ざめた顔をして突っ立っていた。

やはり間違いなく、四階は存在していたということをふたりに説明しようとする前に、ふたりの顔色と周囲に感じる気配に気づいて、背筋にたちまち粟《あわ》が生じ始めた。

屋敷の方々に感じる気配が、先ほどよりも濃くなっている。それに近くもなっていた。おまけに数も増えたように感じられる。

四階へ続く階段があったこの空間の両隣は、それぞれ十二畳敷きの和室になっている。その両側の壁に両手を引っつかせ、首から上を血煙のように揺らめかせた大勢の男女が、こちらの様子をうかがっている。

そんな映像が考えるでもなく、脳裏へ勝手に浮かびあがってきた。

「怖いです。すごく怖い。なんとかなりそうなんですか？」

今にも泣きだしそうな顔で、靖子が尋ねてきた。

「どうにか糸口は掴めました。これから上でお祓いをしようと思います」

靖子の傍らに置かれていた美琴の鞄を持ちあげながら答えると、ヒステリックな声で「ふたりでですか?」と返された。

「できればどちらかひとり、お祓いが終わるまで、ここに残っていてもらえませんか? 正直言って、こうして立っているだけでやっとなんです。すごく怖い。すごく怖いです。今は絶対、周りに何かいるって分かるぐらい、わたしも気配を感じますから……」

両目を大きく見開き、気息を大きく荒げながら靖子が言った。

その隣に突っ立つ石崎も、言葉こそ発しなかったが、瞳に宿る恐怖の色から、靖子と同じことを望んでいるのが、手に取るように察せられた。

「小橋！　なんとかひとりでやれそうか！」

上に向かって声をかけると、すぐに美琴が顔をだした。

「どういうことです?」

「こんな具合だ。分かるだろう?」

美琴もすぐに状況を察したのだろう。みるみる顔から色がなくなっていった。

「分かりました。じゃあ、下のほうをお願いしますね。こっちは任せてください」

梯子に足を掛け、美琴に向かって鞄を差しだす。鞄を受け取るなり、美琴は屋根裏の漆黒の中へと消えていった。

「まったく、わけが分かんない……。こんなことって、本当に現実にあるんですか？」

蒼ざめた面貌から覗く両目を震わせ、半ば睨むような形相で石崎が言った。

「それが〝ある〟と当事者が認識した時点で、当事者にとっては〝ある〟となりますね。とにかく気持ちを強く持っていてください。もしも何かあれば、全力で対応しますから。それからひとつだけ、お願いしてもいいですか？」

「なんですか？」

「くれぐれも小橋の集中を殺《そ》ぐようなことだけはしないでいただきたい。ここから先は多分、集中力の勝負になる。天井が崩れた時みたいに怒鳴ったり、無闇に取り乱したり、そういうことをされると、集中力が殺がれて、うまくいくものもいかなくなってしまう。下手をすると、あいつの身の安全すら危うくなってしまう。約束できますか？」

ほとんど睨みつけるように言ってやると、石崎は素直に「分かりました」と答えた。

「下は大丈夫だ！　いつでも始めてもらっていいぞ！」

再び上に向かって声をかけると、ただちに「はい！」と返事が返ってきた。

ほどなくして頭上から、祝詞をあげる美琴の声が大きく聞こえ始めてきた。

一方、こちらのほうはどうしたものかと、判断を決めあぐねていた。

視えざる周囲の気配に向かって、こちらも魔祓いをおこなうことはできる。けれども数があまりにも多過ぎる。下手にこちらから仕掛けたりすれば、宣戦布告と見做され、一気に雪崩れこまれてくるような危うさを切々と感じた。

依頼主の身の安全を考慮しても、向こうの出方に応じて動くのが最善と判断した。

だがそのうえで、ここに至るまでの流れのさなか、私はすでに少なくとも半分ほどは、怪異の原因となっているものがなんなのか、分かってもいた。

だが、それをはっきりと口にだして明らかにするべきか否か。その判断のほうこそを、大いに決めあぐねてもいた。

屋根裏へ延びる梯子を前にして、私と靖子、石崎の三人が互いの顔を見合わせながら硬直するなか、頭上からは美琴があげる祝詞の声が絶えまなく聞こえ続けてくる。

しかし、それでも壁の両隣から感じられる気配は変わらず、なおも肌身を刺すような刺激となって、その場を一歩も動けなくなるような緊迫感を私たちに与えていた。

色よい成果を祈りながら待ち始め、おそらく三分ほど経った頃だと思う。

壁の両脇から感じる気配のいくつかが、ふいに動きだしたのを察して、ぞっとなった。

すかさず気配に向かって神経を尖らせると、それらは和室の障子戸を音もなくすり抜け、廊下へ出てきたのが分かった。それも両隣の障子戸から、ほぼ同時に。

ふたつの障子戸の間に位置しているのが、私たちが今いる、とり壊した壁の向こう側。その手前に延びる廊下である。

このままだと挟みこまれたうえに、こちらへ向かって突っこんでこられる。来たら、その時は迎え撃つ。腹を括りながら構え始めて、まもなくだった。

目の前に見える廊下の床に貼られたブルーシートが突然、ぐんと跳ねあがった。

それも三つ。細長い形を帯びて、まるで人の形のようにシートが大きく伸びあがった。

とたんに靖子と石崎の口から金切り声があがった。人とはこんな声もだせるのだなと思うような、それは調子のはずれた奇妙な金切り声だった。

シートは人の背丈ほどまで跳ねあがったあと、ばさりと乾いた音を立てて床に落ちた。

その直後、今度は頭上から、美琴の悲鳴が大きく轟いた。

すかさず踵を返して梯子に足を掛けるなり、石崎が私の腕をぎゅっと掴んで制止した。

顔には恐怖と嘆きと憤怒が綯《な》い交ぜになった、異様な表情が浮かんでいる。

「約束しましたよね？　何かあったら全力で対応するって。俺らを放っぽらかしにして、上に行ってしまうんですか？」

抗議と哀願の入り混じったような声で石崎が凄んでくる。

「気持ちを強く持っていてくださいとも言いましたよね？　上の様子が気になるんです。すぐに戻ってきますから安心していてください。あんたも男だろ？　それも漢字の違う、恰好いいほうの〝漢〟だよな？　女々しい真似してないで、さっさと手ぇどけろや」

「あ？　何言ってんだ、お前？」

私の言葉に石崎の瞳孔が、針のように窄《すぼ》まるのがはっきりと見えた。

「拝み屋、なめんなよ？　あんたの中身を見透かすぐらい、造作もないことなんだよ。なんなら今ここで、何もかも暴いてやろうか？」

機械のように冷たい声音で言ってやると、石崎は押し黙り、掴んでいた腕を離した。

同時に周囲で感じ続けていた気配が、あからさまに薄まっていくのが分かった。

どうやら読みは当たっていたらしい。カマをかけてやって正解だったとほくそ笑む。

急いで梯子を上っていくと、美琴はどうにか無事だった。天井板の上に座った姿勢で、がたがた身体を震わせている。

「……すみません。祝詞をあげてたら、急に視界が切り替わって、例のシャンデリアと丸窓がある部屋が見えたんです。視界を戻そうとがんばっても全然戻ってくれないから、それでちょっと、パニックになってしまって」

蒼ざめた唇をわななかせながら、美琴が言った。

こちらのほうの気配は相変わらず、残っていた。嫌らしく息を潜めて気配を押し殺し、こちらの様子を安全圏からうかがうような、極めて不快な気配である。

「部屋の中に視界が切り替わって上を見あげたら、本当にシャンデリアに紐を結わえて、男が括っていたんですね。こっちを笑いながら、見おろしてました」

美琴の言葉にピンと来て、どうしてこんなことに気がつかなかったのだろうと思った。ならば多分、そいつが隠れている場所はひとつしかないだろう。

「上。上を見ながら、神経を集中してみろ」

小声で美琴に耳打ちすると、美琴もすぐにはっとなって頭上に向かって視線をあげた。

「いた。むかつく」

言いきるや、美琴はどす黒く染まった頭上を見あげながら、大声で祝詞をあげ始めた。

私も頭上に視線を向けてみる。

懐中電灯の光をかざさずとも、暗闇の中にそれははっきり見て取ることができた。

濃紺色の着流しを纏《まと》った男が、身体を振り子のように揺らしながら、頭上に張られた棟木に結わえた紐に首を括ってぶらさがっていた。

歳はおそらく四十代の半ばほど。夢の中で垣間見たそれとは違って、首から上の顔もしっかり確認することができる。その顔はどことなく、石崎の顔に雰囲気が似ていた。

男は少しの間、笑みを浮かべながらこちらを見おろしていたが、いくらの間も置かず、頭上の漆黒へ溶けるようにして姿を消していった。

「どうでしょう？　大丈夫そうですか？」

「それぐらい自分で判断できるだろう？　でもまあ、大丈夫だと思う」

私が答えると、美琴は太い息を漏らしながら、埃まみれの天井板にどっとひれ伏した。

美琴が落ち着くのを待って、ふたりで梯子をおりる。

下では未だに顔を蒼ざめさせた靖子と、いかにも居心地の悪そうな様子でこちらから目を背けて突っ立つ石崎の姿があった。

「終わりました。妙な気配も消えたと思うんですが、いかがでしょう？」

靖子に声をかけると、さっそく周囲に向かって視線を巡らせ始めた。

「あ。ああ……本当だ。消えてます。不思議。もう怖い感じも全然しなくなりました」

弱々しい笑みを浮かべつつの答えながらも、靖子から色よい返事をもらえたことで、これで解決だろうと判じる。

「それを聞いて安心しました。けれどもこちらはずいぶん消耗してしまったようなので、今日はこれで失礼させていただきます」

傍らで微妙にふらつく美琴を指差しながら、靖子に言う。

「ああ……本当にお辛そうですもんね。こちらこそ、今日はありがとうございました。ああでも、もしもよろしければですけど、何がどうなってこんなことになっていたのか、くわしい原因が知りたいです。お分かりでしたら、教えていただけませんか？」

「あとから小橋が連絡するように段取ります。すみませんけど、今日はこれで」

靖子の答えを待たず、美琴に目配せをして、急ぎ足で階段をおり、玄関口まで戻る。

その間も石崎はひと言も口を利かず、むっすりと押し黙ったまま、最後までこちらに視線を向けようとはしなかった。

ふらつく美琴にどうにか車をだしてもらい、私たちはようやく屋敷をあとにした。

首なし御殿　伍

　車が屋敷の敷地を抜け、森の中の一本道へ入ってまもなく、美琴が堰を切ったように口を開いた。

「原因、なんだったんですか？　わたしが日本さんに説明するようになるんですよね？　解決したのはいいんですけど、原因が分からないともやもやします。教えてください」

　焦れったそうにこちらの様子をうかがう美琴に、さっそく説明を始める。

　ただしこれは、私自身の憶説に基づく解釈に過ぎない。説明といっても、何もかもが真実かどうか、保証はできないと前置きしたうえでの説明だった。

　大正時代の末期に建てられたというあの屋敷は、やはりただの保養施設などではなく、私が夢で見たとおり、賭博や売春、違法薬物を使ってのどんちゃん騒ぎなど、不穏当な目的で使われていたのではないかと思う。

初めからそうした目的のために建てられたものなのか、当初は純粋な保養施設として建てられたものが、のちになって方針を切り替えたのか、その辺はよく分からない。ただ、いずれであっても末路は同じである。

これも憶説になってしまうが、今では存在しない四階の部屋で首を括って死んだのは、当時の屋敷の主ではないかと思う。

警察の介入に気づいて追いつめられたのか、関係者間で何かトラブルでもあったのか。理由も不明ながら、それでも結果的に男は、あの部屋で首を括って死んでいる。

男の死後、屋敷の所有者が変わった段階で、四階は跡形もなく取り壊された。人死にがあった部屋のうえ、四階ということで、建物全体の印象としても縁起が悪い。そうした理由ではなかろうかと思う。

おそらく四階は一室だけで構成された天守閣のような造りだったので、取り壊すのにさほどの手間はかからなかったろうと考えられる。

屋敷の次の所有者がそのまま、三十年ほど前に屋敷の浴室で首切り殺人をおこなった暴力団関係者になるのか。あるいはまったく別の所有者を経たのちに、暴力団関係者が所有するところとなったのか。これについてもくわしい経緯は不明である。

はっきりしているのは美琴から説明された、その後の流れだけである。

殺人事件から五年ほどしたのち、屋敷は売りにだされて、まもなく買い手がついたが、わずか数年で再び売りにだされ、その後は長らく地元の資産家が所有していた。

それを買い取ったのが、日本靖子という流れである。

「さて、前置きが長くなってしまったが、ここに至るまでに死んでる人間は何人だ？」

「ふたり、ですか？　首を吊って死んだ屋敷の最初の所有者と、首を切られて殺された暴力団組員。合ってます？」

「そのとおり。長い歴史のある屋敷だから、他にも事故やら病気やらで亡くなっている人間もいるかもしれないけど、基本的に、いわゆる〝幽霊〟として化けて出そうなのは、そのふたりしかいない。ところがさっきは、ふたりどころか屋敷のそこいらじゅうから物凄い数の気配を感じたよな。あれは一体、なんだと思う？」

美琴はつかのま、思案げな眼差しで前方を見つめていたが、やがてはっとした表情でこちらを振り向くと、いかにも興奮したような声で答えた。

「もしかして、屋敷がずっと抱え続けていた、記憶の残像みたいなものですか？」

おそらく半分正解。半分不正解といったところだろうか。

それなりに長い歴史を有し、なおかつ人の出入りも多い場所というのは、その記憶や痕跡が念のような形となって、場に蓄積されていく傾向がある。

たとえば、旅館やホテルといった宿泊施設を例にあげると、分かりやすいかと思う。

宿泊施設に滞在中、幽霊に出くわしたり、なんらかの怪異に見舞われたという話は、仕事柄、これまで数えきれないほど聞かされてきた。

体験者は一様に「幽霊を見てしまった」「霊体験をしてしまった」と証言しているが、おそらくそれらのうちの一定数は、幽霊の仕業によるものではないと考えている。

場に蓄積された、生きた人間の残していった念が像を結んで、あたかも幽霊のように視えてしまっただけなのではないだろうか。

場に蓄積される念は、激しい感情であればあるほど、残りやすいのではないかと思う。

旅館やホテルに泊まる人間の全てが、楽しい気分で一夜を過ごすわけではないはずだ。

傷心旅行で泊まる者もいれば、自殺志願者が最後の一夜に利用する場合もあるだろうし、ふとしたことから険悪な一夜を過ごす羽目になった、友人同士や恋人たちもいるだろう。

監禁や暴行目的で使われた部屋もあるだろうし、逃亡中の犯罪者が潜伏目的に泊まった部屋だってあるだろう。

別にその場で人が死んでいなくても、激しい感情が残され、蓄積される場というのは、こちらの体調だったり感情の起伏だったり、一定の条件が満たされれば、過去の記憶が像を結んで再現される。怪異にはこうした形もあるのである。

件の首なし御殿も同様に、過去において数多の人間たちが繰り返してきた、不穏当でふしだらな行為の数々が、場の至るところに記憶としてこびりつき、残留しているのは間違いない。その痕跡は、現地で実際に確認してもいる。

ゆえに記憶が像を結び、当時の屋敷に関わってきた人間たちの邪悪な念が再現された。ここまでの説明に先ほど屋敷で起きた事象を当て嵌めれば、斯様な解釈に行き着くのが、妥当といったところだろう。

ところがこの解釈だけでは、どうしても答えの出ない問題がひとつだけ出てくる。

「ああでも、目本さんが視たドレスの女たちも、郷内さんが夢で見た屋敷の人間たちも、首から上が赤い煙みたいになっていたんですよね？　これってどういうことなんだろう。何か意味があったんですか？」

その通り。美琴の疑問は正鵠《せいこく》を射ていた。

それについても答えが出ている。しっかり裏付けもとることができた。

「原因は石崎だよ」

私が答えると美琴は顔色を曇らせ、「あの人がなんなんです？」と尋ね返してきた。

はっきりとした素性までは分からないが、石崎は堅気《かたぎ》の人間ではない。

長年、拝み屋として人を見る仕事を営んでいる手前、相談客には様々な人間が訪れる。暴力団関係者を始め、元犯罪者や詐欺師といった物騒な連中も、その例外ではない。

連中はいずれも独特の顔つきをしていて、独特の雰囲気を醸しだしているものである。具体的にどこがどうとは説明しづらいものだが、長年の経験と感触、直感などが働いて、こうした連中は本人たちがいかに隠そうとしても、一目でそれと判別できてしまう。

石崎に関しても目つきや物腰、ちょっとした言葉遣いなどから、すぐに堅気でないと分かってしまった。

「うまい具合に日本さんを誑《たら》しこんで、甘い汁を啜ってるんだろうな、あのチンピラ。で、屋敷のほうもゆくゆくは、自分の都合のいいように運営する気でいたんだよ」

「会員制のクラブみたいなのをやりたいっていう、あれですか？」

「そう。しかも堅気じゃない人間が考える〝会員制のクラブ〟だぞ？　どんなものだか、大体想像つくだろう？　どう考えたって犯罪の臭いしかしない」

図らずも石崎は、かつての屋敷でおこなわれていたことを、今の世に再現させる気でいたのである。あるいは屋敷の再稼働と言い換えてもよかろう。

初めは単なる偶然か、もしくは以前、暴力団関係者が所有していた事実があるように、悪い場所には悪い者が呼び寄せられるのかと思っていた。

だが、あの屋根裏で棟木の下からぶらさがる、かつての屋敷の主の顔を見たとたんに、これはむしろ、ある種の因縁が働いたのではないかと解釈を切り替えた。

暗闇に染まった屋根裏で垣間見た男の顔は、石崎のそれと雰囲気がよく似ていたのだ。本当に因縁だとするなら、質の悪い因縁もあったものである。

「石崎にカマをかけて、『なんなら今ここで、何もかも暴いてやろうか?』って言ってやったとたんに周りの気配が一気に薄まった。だからさ、原因は石崎だったんだよ」

私が夢で見、靖子が枕元で視た連中に、首から上がなかった理由は、おそらくこうだ。

連中は過去の屋敷の記憶ではなく、屋敷における未来の記憶だからである。

だが、屋敷を訪れる人間がまだ誰なのか定まっていないから、首から上がないのだ。

さらに厳密に言うなら、屋敷の過去の記憶に、石崎の野望というか欲望のイメージが上書きされて結合したのが、あの首から上が血煙と化した連中なのだと思う。

「うん、なるほど。わたしはこの説明で腑に落ちました。道理に適っていると思います。でもこれ、日本さんに説明するのはわたしですよね？　ちゃんと理解してもらえるかな。どういうふうに説明しよう……」

みるみる声色を暗くして美琴が言う。

実を言うと、そっちの段取りはすでに決めていた。

難しい顔で首を捻り始めた美琴に、まずは靖子へメールを送ってもらうように伝える。内容は、折り入って話したいことがあるので、ひとりになったら連絡がほしい、である。

市内のコンビニに車を停めた際に美琴がメールを送り、それから三十分くらい経った、午後六時過ぎ、美琴のスマホへ靖子から着信が入った。

受話をためらう美琴に「よこせ」と言ってスマホを受け取り、通話を始める。

靖子はあれからひとりで会社へ戻り、今は自分のオフィスにいるという。目の前にはパソコンもあるとのことで、なおさら好都合だった。

靖子に「石崎」の名をフルネームで検索してもらう。

検索結果を目にして驚いたのだろう。靖子が「嘘……」とつぶやいた。

検索結果には、石崎が過去に犯した犯罪記事が出てきたらしい。

石崎は、二十年ほど前に殺人罪で起訴され、懲役十二年の実刑判決を受けている。震える声で靖子に記事を読んでもらうと、当時の交際相手を絞殺しているとのこと。これも首かよと思った。

加えて六年前には、振り込め詐欺の実行犯として逮捕されたという記事も出てきた。逮捕時の肩書きは、どちらも指定暴力団の構成員である。

「どうして分かったんですか?」という靖子の質問には「ただの勘です」と答えた。

そのうえで、先ほど美琴に開示した説明を、一から順を追って靖子に説明する。

説明が終わってまもなく、靖子は長いため息を漏らしたあと、「お話いただきまして、ありがとうございました。これでようやく目を覚ますことができそうです」と答えた。

必要ならば弁護士や警察も頼って、当初の予定通り、今度の方針を進めていくという。理解してもらえたことにこちらも丁重に礼を述べ、通話を終えた。

無論、靖子にはなんの罪もない話だが、恋はつくづく盲目だよなと思う。

美琴から「どこかで晩ご飯、食べていきます?」と尋ねられたが、「いらん」と答え、まっすぐ都内へ戻ってもらった。